FR⋮
Les
La⋮

LA PROPHÉTIE DES 7 CHEVAUX

LIVRE I
LES CAVALIERS DE L'OMBRE

Martine Laffon

LA PROPHÉTIE
DES 7 CHEVAUX

LIVRE I
LES CAVALIERS
DE L'OMBRE

Seuil

Illustration de couverture : Hugues Micol
© Éditions du Seuil, 2012
ISBN : 978-2-02-106514-5
N° 106514-1
Loi n° 49-956 du 16 juillet 1949
sur les publications destinées à la jeunesse.
www.seuil.com

1

Harsley, *Écosse, 29 octobre.*
« *On a retrouvé des chevaux morts. Intoxiqués par des plantes ou par de l'eau polluée ? Lire en p. 4.* »

Marco déplia fébrilement le *Ayrshire Post* que son père avait laissé traîner sur la toile cirée. Une tache de café poisseuse maculait la page. Ce n'était pas la première fois pour les chevaux. L'année dernière déjà, à la fin de l'été, un entrefilet dans le journal avait parlé de ça. Et si cela arrivait chez nous ? s'inquiéta Marco. Il avait bien l'intention de lire l'article quand son père entra dans la cuisine.

– Qu'est-ce que tu fiches, t'entends pas le moteur qui tourne ?

– C'est à cause des chevaux.

– Quoi, les chevaux ?

– Ils les ont retrouvés morts.

– Les chevaux, c'est comme tout le monde, répliqua son père, ça meurt. Tu crois que les tiens ne finiront pas comme nous, les pieds devant ?

Bude rit bizarrement, toussa et jeta son mégot dehors.

– Ils t'apprennent pas ça au lycée ? On finit tous dans le trou. Grouille-toi, je vais pas passer toute l'essence du pick-up à t'attendre.

Marco attrapa sa sacoche, prit le journal, le glissa à l'intérieur d'un de ses bouquins et sortit en claquant la porte. Il monta à côté de son père. Sa vieille canadienne sentait le tabac et l'huile rance, quelque chose d'écœurant. Le bruit du pick-up leur évita de se parler.

Marco regardait par la vitre embuée ses chevaux dans les prés. Le froid était venu tôt cette année. Ils galopaient pour se réchauffer. Marco leur fit un petit signe de la main. Ils lui répondirent par un étrange hennissement. C'était un rituel qu'il n'oubliait jamais ; une façon de se reconnaître, de se dire bonjour aussi.

Bude tournait les boutons de la radio pour capter la fréquence de la météo. Il ne remarquait plus la complicité de son fils avec ses chevaux. Pour lui, ça ne rapportait pas assez et ça prenait l'herbe des moutons. Pourtant Jeffy, la mère de Marco, en avait élevé pendant des années. Marco était monté dessus avant même de savoir marcher et parfois il se demandait si, dans une première vie, il n'avait pas été cheval lui-même. Il se sentait si proche d'eux.

Après l'accident de Jeffy, Bude n'avait pas osé se débarrasser des juments et des poulains, peut-être en souvenir de sa femme, peut-être par superstition : on ne vend pas les chevaux d'une morte. Et puis, tout le monde savait que Marco y était très attaché. Faire de la peine au gamin qui venait de perdre sa mère aurait fait mauvais effet.

Le père de Marco était bourru, pas le genre à parler sans savoir pourquoi. Il y avait tellement de travail sur l'exploitation pour qu'elle soit rentable qu'il n'avait pas de temps à perdre à causer. Marco avait parfois l'impression que leurs deux vies ne se rencontraient jamais. Bude avait trimé dur pour que son fils aille au lycée. Et si cela l'embêtait de l'emmener tous les jours au croisement de la route de Ruston et de celle de Bylord pour qu'il attrape le car, il tenait bon. Son fils ne serait pas éleveur de moutons, comme lui. De moutons, non, mais de chevaux ?…

Marco avait réussi à faire saillir la plus belle jument de sa mère par l'étalon de Tom Hishrin, un fermier ami trop content de jouer un tour à son vieux Bude. Au printemps, son premier poulain naîtrait. Rien que cette idée le réconfortait.

La radio grésillait toujours…

« J'espère que ce n'est pas une épidémie », pensa Marco. Il regarderait tout à l'heure en page 4 où ça s'était passé. Certainement pas dans le comté, se rassura-t-il, sinon il l'aurait su. Il remonta le col roulé de son pull sous sa parka. C'était bizarre, ce froid, tout à coup. L'hiver risquait d'être terrible.

Le pick-up s'arrêta. Bude n'avait toujours pas réussi à capter la météo ni les informations.

– Ne t'inquiète pas, je rentrerai avec Arnald, on a plein de boulot, l'avertit tranquillement Marco.

Il ne précisa pas qu'en réalité il voulait changer les chevaux d'herbage pour qu'ils soient à l'abri du vent du nord.

– Je ne m'inquiète pas, répliqua son père, mais ne traîne pas, j'aime pas ça. La nuit tombe vite, maintenant, et le brouillard aussi.

Marco descendit du pick-up. Le car était déjà là. Il fit un petit geste de la main à son père qui lui répondit.

– À ce soir !

– Ouais, à ce soir !

– Pressez-vous de monter, les gars, ou je ferme les portes du car ! ronchonna le chauffeur. Il fait froid et c'est pas vous qui allez me payer le café, hein ?

Marco alla s'asseoir à côté d'Arnald, à sa place habituelle. C'était un rituel rassurant : le même car, à la même heure, avec le même chauffeur, Ruben, qui commençait dès la fin de l'été à répéter : « pressez-vous, les gars, il fait froid ! », ce qui n'avait plus aucun effet.

– Qu'est-ce que tu diras, lui lança Rian, un type costaud qui travaillait sur la lande, le jour où je t'apporterai un thermos de café ?

– Apporte toujours ! répondit l'autre. On verra après !

Et tout le car se mit à rire.

Arnald se serra côté vitre et poussa sa sacoche mal fermée sous la banquette devant lui.

– Y va neiger ! Tiens, regarde !

Et il montra du doigt sur la vitre sale ce qui semblait être un gros flocon de neige.

– Ça se pourrait ! lâcha Marco.

Arnald dévisagea furtivement son ami et remarqua ses traits tendus et les cernes pâles qui soulignaient ses yeux gris-bleu. Il savait déceler chez lui le moindre changement d'humeur. Surtout les jours où la souffrance, qui ne l'avait plus quitté depuis la mort de sa mère, le taraudait particulièrement. Il sentit Marco inquiet.

Le car démarra bruyamment.

– Lune de Soie est pleine, lui confia Marco.

– Félicitations ! rigola doucement Arnald. Et qui est l'heureux père ? ajouta-t-il en envoyant un coup de coude complice dans les côtes de son voisin. J'aimerais bien voir la tête de ton vieux quand il s'en apercevra !

Marco esquissa un demi-sourire. Il repensa à Tom Hishrin, à sa ferme encombrée de vieux engins rouillés qu'il était bien le seul à savoir faire démarrer, et à la façon dont il lui avait topé la main quand il lui avait prêté son étalon. « Faut que la vie continue, pas vrai ? » avait-il affirmé, un peu las. « Faut qu'elle continue, sinon on est tous foutus, pas vrai ? »

Arnald n'aimait pas spécialement les chevaux de Marco, ni les chevaux en général. Il les trouvait imprévisibles et, comme Bude, qu'ils ne rapportaient rien. Mais il s'était fait peu à peu à leur odeur, à leurs hennissements tonitruants et à leurs jeux. Marco avait un comportement si particulier avec eux. Une intimité, une sorte de langage codé dont Arnald était exclu. Pourtant, il ne l'avait jamais vu monter. Sans doute parce que c'était pour Marco un moment intense que personne ne pouvait comprendre. Et qu'il n'avait pas envie de partager.

La seule fois où Arnald l'avait surpris, Marco montait sans selle ni bride, ses longues jambes minces entourant les flancs du cheval. « Il est collé dessus, s'était-il dit, étonné et admiratif. On croirait... un centaure. » Mais tout cela lui échappait et il avait préféré attendre son ami allongé sous le hangar à paille.

***

Arnald somnolait, la tête appuyée contre la vitre. Il trouvait pesants tous ces trajets dans le ventre du car qui sentait la ferme quelle que soit la saison.

– Tu as lu le journal ? lui demanda Marco.

– Non ! pourquoi, j'aurais dû ?

– Ils ont trouvé des chevaux morts...

– Chez qui ? poursuivit Arnald en feignant de s'intéresser à l'affaire.

– Je sais pas. C'est en page 4. Mon père a débarqué au moment où je voulais lire l'article et j'ai dû sortir. Tu veux voir ? J'ai emporté le journal.

« Les chevaux, les chevaux, toujours les chevaux... » pensa Arnald en se recalant sur la vitre.

– Non, merci, pas de récit macabre, soupira-t-il.

Marco n'insista pas ; Arnald ne comprenait rien aux chevaux. Il le lirait plus tard, quand il serait seul, c'était mieux.

La neige s'était mise à tomber dru. Elle s'accrochait aux sillons de terre labourée, les recouvrant à demi. On aurait dit un immense troupeau de moutons.

– Manquait plus que ça, marmonna le chauffeur.

On entendait le bruit de ses essuie-glaces sur le pare-brise. La neige commençait à tenir sur la route, aussi. Si le vent du nord se levait, elle deviendrait vite glissante.

Ruben réalisa bientôt avec angoisse qu'ils étaient bel et bien pris dans une tempête de neige et que de toute façon, au dépôt, à cette saison, aucun chasse-neige n'était encore en état de marche. Ruben sentait maintenant que ça patinait, l'arrière du car glissait. Il pensa aux pneus avant qu'il aurait dû avoir déjà changés, le phare avant droit aussi…

La lande était devenue un désert blanc dont émergeaient seulement quelques buissons d'ajoncs pétrifiés.

« On va être coincés », jugea Marco… Il fallait qu'il rentre chez lui, ses chevaux étaient en danger. Soudain, il crut les entendre hennir. Non, il en était certain : ils l'appelaient ! Le bruit de leur galop fou envahit toute sa tête, lui martelant les tempes. Il eut comme un goût de sang dans la bouche et pensa brièvement à sa mère. Le souffle court, oppressé, il étouffait.

13

Marco poussa brusquement Arnald, qui se réveilla en sursaut.

– On est arrivés ? marmonna ce dernier.

– Je rentre à pied !

– Où ça ? demanda Arnald.

Il regarda distraitement dehors, avant de s'écrier :

– Tu as vu où on est, là ?

Il essaya de convaincre Marco :

– Ton père a dû les rentrer, tes chevaux. Ou le vieux Tom. Ou bien ils auront trouvé un abri. Ou… je ne sais pas, moi. Les animaux peuvent supporter jusqu'à – 25 °C, c'est toi qui me l'as dit !

– Ils n'ont pas encore fait leur poil d'hiver, c'est trop tôt.

Marco était pâle. « Les mêmes cheveux noirs ébouriffés, le menton volontaire, les lèvres minces, les yeux fiévreux, pensa Arnald. Il ressemble à sa mère. Aussi obstiné qu'elle. » Mais il s'en voulut aussitôt de faire ce rapprochement, de superposer leurs deux images.

Il ramassa sa sacoche qui s'ouvrit et ses livres s'éparpillèrent. Arnald plongea sous la banquette pour les ramasser en jurant. Il maudissait ce journal et ses chevaux crevés sachant qu'il allait faire 6 kilomètres à pied pour rentrer avec Marco. Car il s'en souvenait, lui aussi : le jour de l'accident mortel de sa mère, il avait neigé au début de l'automne…

2

ravignac-Est, Texas, 29 octobre.
Sophia attendait le bus 28 en rêvassant. Il faisait trop chaud depuis quelques jours. La radio avait parlé d'été indien mais quelque chose clochait dans la saison. Quelqu'un avait laissé le *Arlington Morning News* ouvert sur le banc où elle s'était assise. Elle y jeta un œil distraitement en s'épongeant le front avec un mouchoir en papier. Page 4 on voyait une photo en noir et blanc de chevaux morts, couchés les uns à côté des autres. *« De l'eau polluée ou des plantes toxiques ? »* titrait la légende. « Impossible », pensa Sophia en hochant la tête. Les chevaux savent ce qu'ils doivent manger ou boire ; leur odorat est trop développé pour se laisser bêtement piéger. Un moins malin, peut-être ! Ou deux, mais tout un troupeau ! « Qu'est-ce qui avait pu se passer ? » se demanda-t-elle en comprimant son mouchoir. Elle parcourut l'article, la gorge nouée. « Et où cela ? » On ne donnait aucune indication… Ni où ni quand. C'était plutôt étonnant. « Ils pourraient citer leurs sources,

râla-t-elle. Le photographe a fait un gros plan sur les cadavres. C'est plus racoleur, mais on ne voit aucun paysage... »

Sophia déchira la page 4 du journal, la plia et l'enfourna dans son sac. Elle demanderait à sa mère, qui était reporter dans un journal concurrent, de téléphoner à la rédaction pour avoir les références de la photo. Elle voulait absolument savoir où cela s'était passé, plus par peur que cela se reproduise ailleurs que par curiosité.

L'air était lourd, irrespirable. On avait l'impression que les trottoirs allaient fondre et que le goudron deviendrait un liquide noir ruisselant dans les caniveaux. Le 28 n'arrivait pas et Sophia s'impatientait. Elle voulait quitter la ville. Pourquoi acceptait-elle toujours de faire des exposés avec des flemmards qui s'en moquaient complètement ? À chaque fois, elle devait passer des heures à la bibliothèque pour rien, ou pas grand-chose. Elle regarda la pointe de ses boots et se jura que la prochaine fois elle dirait non !

Sophia ressortit de son sac la page 4 du journal, la défroissa avec le plat de la main et remarqua juste un détail. Les chevaux semblaient avoir été foudroyés en plein galop. Quelqu'un, ensuite, avait dû les aligner dans une sorte de rituel macabre. Mais pourquoi ?

Elle frissonna et eut soudain un mauvais pressentiment. Quelque chose qui vous envahit et ne vous lâche plus. Elle prit le 34 bondé au lieu du 28 pour arriver plus vite chez elle. Et dire qu'en scooter elle n'en aurait eu que pour quelques minutes ! Mais rien à faire, ses parents ne voulaient pas en entendre parler. Divorcés depuis deux ans, ils étaient au moins d'accord là-dessus : pas de scooter ! Et pas non plus sur ceux des amis. Restait le bus.

Le vent s'était levé. Les feuilles des arbres volaient en tous sens, emportant les papiers gras. On entendit un bruit métallique, comme une tôle qui se décroche du toit d'un hangar. Les gens, dans le bus, commencèrent à paniquer. Soudain, l'orage éclata, secoué par des trombes d'eau.

– Je peux pas aller plus loin, avertit le chauffeur, faut que je reparte à la gare routière. On vient de me prévenir qu'en bas tout est inondé. La rivière a déjà débordé et le pont est coupé. On peut plus passer.

– Comment on fait pour rentrer chez nous ? cria quelqu'un.

– Ouvrez les portes ! hurla une femme.

– Restez calmes, tout va s'arranger, répétait un gros balaise avec une croix tatouée sur l'avant-bras.

Le conducteur ouvrit les portes et les gens se ruèrent sous la pluie, cherchant à s'abriter sous les porches et les entrées des immeubles.

L'eau montait bien plus vite qu'on ne le pensait. « Les chevaux sauvages de la presqu'île se noieront si personne ne les fait traverser », s'inquiéta Sophia.

La ville avait déjà connu une crue il y avait trente ans. Pat, le grand-père de Sophia, lui avait raconté. Ce jour-là, il avait pu sauver le troupeau parce qu'il connaissait le passage où le gué est le plus haut, mais pas seulement. Tout le troupeau l'avait écouté comme s'il avait été l'un des leurs. « Deviens cheval, Sophia ! C'est ce que tu as de mieux à faire ! » disait-il en riant quand ils allaient, ensemble, les regarder vivre en liberté. Et elle lui avait promis qu'un jour elle deviendrait cheval.

Sophia évalua le temps qu'il lui faudrait pour atteindre les marais de Kriskal. À pied, même en courant, elle n'arriverait jamais à temps...

– Sophia ! Sophia !

Elle se retourna brusquement. Tom lui montrait le siège arrière de sa vieille moto, qu'il avait repeinte en bleu ciel avec des petites étoiles jaunes pour être certain qu'on ne la lui volerait pas.

– Monte, lui proposa-t-il. Je te ramène. Par la ville haute, on devrait pouvoir rouler...

– Je vais aux marais.

– T'es folle ou quoi ? s'écria-t-il en se vrillant le front avec son index.

Sophia avait beau avoir 16 ans, avec ses cheveux blonds coupés court et son allure de garçon manqué, elle avait plutôt l'air d'une enfant.

– Tu m'emmènes ou non ? reprit-elle d'une voix ferme, sans lui laisser le choix.

– Si tu veux mourir, pourquoi pas ? ajouta-t-il en faisant démarrer sa moto, qui hoqueta lamentablement.

– Fonce !

– Faudrait pouvoir ! s'excusa Tom, ironique.

Il était plus âgé qu'elle, mais il était son ami d'enfance, autant dire un grand frère sans les inconvénients. Il se doutait bien qu'elle voulait rejoindre les chevaux sauvages, mais sur la presqu'île l'eau avait dû monter aussi. De toute façon il savait qu'elle s'y rendrait quoi qu'il arrive, avec ou sans son aide.

– T'es complètement folle ! répéta-t-il, énervé.

– Qu'est-ce que tu dis ? J'entends rien avec ton moteur ! s'exclama Sophia à l'arrière de la moto.

Tom se faufilait dans les rues étroites de la ville haute, espérant atteindre les marais avant l'inondation, mais les pavés étaient glissants.

– Avance ! cria Sophia. Sinon on ne passera pas !

Tom accéléra, soudain grisé par le danger. Il prit la rue de la Sergenterie en sens interdit et la dévala jusqu'à la digue, déjà submergée.

– Je vais pas plus loin, affirma-t-il.

Sophia descendit aussitôt et se campa devant lui.

– Prête-moi ta moto ! Je sais exactement où est le gué. Les chevaux traverseront avec moi, à la nage. Je les guiderai.

– Tu veux nager devant eux ? T'as vu ta taille, Poucette !

Tom était furieux. Depuis qu'elle était petite, Sophia avait toujours l'art de braver le danger et un étrange besoin de défier la mort.

– Je suis responsable de toi, lui rétorqua-t-il. Je ne te laisserai pas faire n'importe quoi.

– Et depuis quand ? hurla-t-elle. Je vais les faire passer. Descends de là !

Elle secoua violemment le guidon de la moto. Trempée, les cheveux dégoulinant, elle était pitoyable.

– Remonte au lieu de faire des caprices, lui ordonna brutalement Tom. Soudain, le hennissement court des chevaux en danger résonna dans la tête de Sophia. Son cœur se mit à cogner dans sa poitrine. Prise de vertige, elle chercha un instant sa respiration. Elle y arriverait ! Elle les ferait passer ! Comme son grand-père l'avait fait avant elle !

3

arrido, Maroc, 29 octobre.

Nacim s'arrêta, regarda le soleil et le trouva trop rouge. Il détourna la tête. Les silhouettes noires des oiseaux sauvages se découpaient au-dessus des eucalyptus. Pas de doute, ils volaient jusqu'au grand lac. On n'aurait pas de pluie demain ! pensa-t-il. De toute façon, ce serait trop tard. La terre était si fendillée que l'eau ruissellerait sans rien arroser. Le vent de sable avait déjà dévasté les plantations et les cochons sauvages avaient piétiné le peu d'épis encore debout. « Foutue sécheresse ! » pesta Nacim en lançant, de rage, sa casquette par terre. Cela faisait des mois qu'on attendait la pluie. Toutes les prairies étaient brûlées. Il ramassa sa casquette, en épousseta la fine poussière rouge et l'enfila par un trou sur son guidon de vélo.

Nacim allait chez Nanny. Avec un peu de chance, elle aurait un cheval à monter... Ça faisait combien d'années qu'il la connaissait ? Il avait trop chaud pour compter... Nanny faisait partie de sa vie depuis toujours, alors cela devait faire seize ans. Seize ans et un mois !

Quand il était petit, Nanny lui avait raconté qu'avant la grande ferme elle avait eu un haras de chevaux de course, des pur-sang anglais. Et pour preuve, elle lui avait montré des photos jaunies sorties d'une vieille boîte en fer de cube Maggi. Nacim avait toujours cru à ses histoires parce qu'il l'aimait. Il avait trouvé auprès d'elle l'affection que ses parents lui refusaient. Souleymane, son père, était militaire, du genre mâchoire serrée, et Paula, sa mère, bien plus jeune que son mari, avait vite compris que la grande ferme ferait une bonne garderie. Elle ne serait pas obligée d'avoir le gamin accroché à ses jupes toute la journée.

À la grande ferme, il y avait vingt box montés avec des parpaings, de bric et de broc. Les portes étaient peintes en bleu à cause des mouches, elles n'aiment pas cette couleur. Dans les dix box à droite de la sellerie, les hongres ; dans les dix à gauche, les juments. C'était comme ça, chacun chez soi. On savait que la sellerie se trouvait au milieu parce que Nanny l'avait écrit à la peinture rouge juste au-dessus de la porte. À l'intérieur, sur un tréteau, il y avait deux selles de l'armée anglaise, si raides et si lourdes que Nacim se demandait où elle les avait trouvées. Peut-être à la grande foire d'été.

Dans la journée, les chevaux vivaient en liberté, mangeant ce qu'ils voulaient autour de la grande ferme. Le soir, Nanny sonnait la cloche et ils revenaient. Un Britannique aurait peut-être remarqué qu'ils n'avaient rien de pur-sang anglais, mais Nanny jurait que si en égrenant une généalogie aussi prestigieuse que fictive. Elle connaissait tout un tas de trucs : des onguents, des herbes, des pâtes d'argile pour les boiteries, les blessures, les gros jarrets, les seimes. Nacim l'aidait souvent ; il avait ainsi appris à soigner les chevaux dès son plus jeune âge, mais elle ne lui avait jamais révélé sa formule contre les mouches qu'elle prétendait tenir d'un Indien Cree. Enfant, Nacim cherchait comment elle avait pu rencontrer un tel Indien dans les parages, mais il n'avait jamais osé l'interroger. Et cette histoire, plus que les autres, le faisait rêver. Il savait sans se l'avouer que c'était pour lui qu'elle faisait encore naître des poulains. Peut-être qu'un jour l'un deux deviendrait un grand champion, bien loin des champs de courses minables de la région ? En attendant, Nacim traînait sur les bancs du lycée, n'envisageant pas son avenir ailleurs qu'à la grande ferme, ce qui était un sujet constant de dispute entre ses parents.

Nacim décida de couper par les terres basses. Il arriva à la grande ferme trempé de sueur. Il s'arrêta devant la boîte aux lettres et prit *Le Matin*. Il déplia le quotidien machinalement, lut les gros titres et tourna les pages.

« Mince ! Des chevaux morts ! Il faut pas que Nanny voie ça. »

Mais de quoi ? « *Des plantes toxiques ou de l'eau polluée* », disait la légende. Nacim examina la photo attentivement. Aucun cheval n'avait le ventre ballonné ni la langue grosse et pendante qui lui sortait de la bouche, ni aucun symptôme d'empoisonnement. Il remarqua qu'ils étaient tous de la même race et n'étaient pas ferrés. Mais pourquoi étaient-ils rangés les uns à côté des autres ? Quelqu'un avait-il déplacé leur cadavre pour que la photo donne un petit frisson d'horreur au lecteur ? Et c'était arrivé où ?

Il lut l'article la bouche sèche, mais le type qui l'avait écrit ne donnait aucune information. « Incroyable, bougonna-t-il en envoyant la page 4 en boule dans le fossé. On dirait qu'ils ont été fauchés en plein galop. Quel salaud celui qui a fait ça ! » Il coinça le restant du journal entre la ceinture de son pantalon et son tee-shirt, et pédala vers la grande ferme. À mi-distance, pourtant, il rebroussa chemin et avec un étrange pressentiment.

Nacim laissa tomber son vélo par terre et ramassa la boule de journal. Il la défroissa, la posa à plat par terre et mit des cailloux aux coins pour que la feuille ne s'envole pas. Il observa les chevaux un à un. Il ne se trompait pas : tous avaient une boursouflure juste au-dessus du poitrail, là où commence l'encolure. Une piqûre ? Non, c'était trop gros pour être la trace d'une aiguille.

Nacim replia lentement la page 4 et l'enfouit dans sa poche. Peut-être qu'il devrait montrer la photo à Nanny, après tout. Elle aurait sûrement une idée. Brusquement, il sentit ses jambes se dérober. Il eut la certitude que d'autres chevaux, quelque part, étaient en danger. « Pourquoi ! hurla-t-il. Pourquoi ce carnage ? »

Soudain, Nacim aperçut une épaisse fumée derrière la colline et comprit aussitôt que le feu avait pris dans les champs de maïs dévastés. La cloche de Nanny sonna comme un tocsin. Le bruit d'une galopade furieuse monta dans l'air brûlant et envahit le corps de Nacim, comme s'il était l'un des leurs et galopait avec eux.

Le brasier allait dévaster les terres basses et la grande ferme. Nacim imagina les flammes réduisant en cendres ce que Nanny avait si patiemment construit. « Quel est le con de journalier qui a jeté son mégot dans la plantation ? » jura-t-il en crachant par terre.

Le caractère bien trempé, conjuguant maîtrise de soi et impulsivité, Nacim avait ce physique sec et mince des gens nerveux. Ses cheveux bruns, trop longs et perpétuellement mal coiffés pour narguer son père au crâne rasé, lui tombaient dans les yeux. Il les tirait en arrière avec des élastiques pour natter les chevaux, découvrant ses yeux verts et son nez légèrement busqué.

Nacim protégea son visage comme il put avec son tee-shirt et se précipita jusqu'aux écuries, où il arriva à bout de souffle.

– Nanny ! appela-t-il.

Soudain, il repensa à la page du journal rangée dans sa poche et il eut peur.

4

Jackqueville, Brésil, 29 octobre.
Luis poussa du coude son collègue Paul.
— Tu vois le type en chemise grise, là-bas, derrière son journal ?

L'autre se dressa sur la pointe des pieds et jeta un coup d'œil discret par-dessus les séparations du café.

— Celui avec qui tu parlais tout à l'heure ?

— Oui ! souffla Luis. Celui avec un panama sur la tête.

— Et alors ? dit Paul un peu déçu. C'est qui ? Un acteur ?

— Il est connu dans le monde entier, reprit Luis sur le ton de la confidence. Crois-moi, il est puissant.

— Sauf que moi je le connais pas, rigola Paul. Et tu peux me dire ce qu'il fait au *Cric Crac*, s'il est tellement puissant ? Y a mieux comme quartier, non ?

— Sers-lui un café, je vais acheter des cigarettes.

— Pas de problème, vas-y ! Je m'occupe de ton gros client, ironisa Paul.

Il s'empressa d'apporter son café au type en gris, guettant un pourboire conséquent. Mais l'homme, absorbé par la presse internationale, ne releva même pas la tête.

« Luis doit se tromper, se dit Paul. Ce type est tout à fait ordinaire. »

À 9 heures du matin, il faisait déjà chaud, et le lourd ventilateur du *Cric Crac* brassait mollement l'air moite. Il éventait les palmiers en plastique de la décoration et les quelques margouillats grimpant sur les murs boursouflés d'humidité. La radio locale diffusait les derniers tubes à la mode. Paul s'efforçait de chasser les mouches avec un torchon dans l'arrière-cuisine quand un homme rejoignit le type à la chemise grise. « Un officiel », pensa Paul. Il voulut en savoir un peu plus et s'approcha pour prendre la commande, mais les deux hommes se levèrent. Le type en chemise grise avait laissé sur la table un gros billet. Paul fit mine de lui rendre la monnaie, mais l'autre ne lui prêta aucune attention. Du coup, il fourra le billet dans sa poche et essuya la table, tout en observant à la dérobée les deux hommes qui s'engouffraient dans une grosse berline noire.

Ensuite, il ramassa les journaux que l'homme en gris avait laissés sur une chaise. Curieusement, ils étaient tous ouverts à la page 4 et sur chacun se trouvait la même photo de chevaux morts. Sept journaux publiaient la même photo à la même page... Paul, déconcerté, s'exclama :

– Une fois peut-être, mais sept fois ?

Il releva la tête et tomba nez à nez avec le type à la chemise grise. Il croisa son regard et y vit soudain quelque chose de métallique. Il s'excusa en bégayant :

– J'ai cru que vous les aviez jetés !

Le type ne répondit pas mais lui tendit sa main droite, gantée de cuir gris. Le garçon de café hésita : exigeait-il sa monnaie ? Non, c'étaient plutôt les journaux. Les chevaux étaient peut-être les siens, après tout ! imagina Paul.

L'homme en gris plia rapidement les quotidiens et les rangea dans un porte-document en cuir, puis il regagna la voiture. Paul lui tournait le dos, mais il l'épia dans le grand miroir de la brasserie, et il eut l'impression que le type claudiquait légèrement. « Il tire la patte gauche », remarqua-t-il, content de lui.

Quelques heures plus tard, Luis reprit enfin son service.

– Tu en as mis du temps à trouver tes cigarettes, lui fit remarquer Paul. Au fait, ton client important fréquente les officiels.

– Normal, pour un architecte de renommée internationale. L'État lui a confié la réalisation d'un grand hippodrome. Il s'appelle Enzo Ricardo. Il a construit des haras pour des riches propriétaires de chevaux de courses, en Asie et au Maroc, au Moyen-Orient, et un autre en Australie !

– Comme s'il n'y a pas autre chose à construire, soupira Paul les yeux au ciel.

Paul habitait sur la colline à 10 kilomètres de là, dans ce que l'on appelait pudiquement la Cité du Soleil. En réalité, ce n'était ni plus ni moins qu'un bidonville où les plaques d'égouts se soulevaient au moindre orage, déversant dans les rues un torrent d'immondices et de rats affolés.

– Un hippodrome, répéta-t-il. Avec la chaleur qu'il fait ici, on voudrait faire crever les chevaux qu'on s'y prendrait pas autrement. Ça ne leur suffisait pas de nous voir crever, nous ? susurra-t-il tout en regardant autour de lui s'il n'y avait pas d'autres officiels à la terrasse du café.

Et comme pour se venger, il tua trois mouches avec son torchon mouillé.

***

Assis à l'arrière de la voiture du gouvernement, Enzo Ricardo sortit les plans de l'hippodrome national et y jeta un coup d'œil rapide. Le chef d'État avait voulu quelque chose de grandiose et célébrant sa gloire rappelant la Grèce antique et cela avait plu à l'architecte. Le projet, avec ses fresques gravées dans le marbre, était démesuré, et alors ? Enzo Ricardo détestait la médiocrité. Il faisait souvent l'apologie du héros et du surhomme pour justifier ses constructions gigantesques et coûteuses. « Un monument bâti à la gloire d'un dictateur doit écraser le peuple », pensa-t-il en écartant d'un geste agacé de sa main gantée de gris les enfants qui mendiaient à la fenêtre de la voiture.

Au *Cric Crac,* Enzo Ricardo avait flairé qu'il intriguait le garçon de café. Il pourrait peut-être l'acheter, lui aussi, songea-t-il. C'était toujours plus facile dans les quartiers minables ! Il suffisait d'un ou deux billets.

5

L'Ombre entra dans l'immense salle haute de son bureau. Ses pas résonnèrent sur les dalles, un son irrégulier. Les murs recouverts de miroirs réfléchissaient à l'infini son étrange silhouette, la démultipliant en images insaisissables. Qui pouvait discerner, en le voyant marcher ici, le reflet de la réalité ? L'Ombre s'amusait de cette étrange mise en scène de lui-même chaque fois qu'il venait dans cette pièce. Elle ne possédait aucune fenêtre, juste douze fentes de verre, fonctionnant comme un cadran solaire.

Il s'assit lourdement dans son large fauteuil de cuir fauve. Sur sa table de travail, il avait posé le crâne d'un cheval aux orbites ivoire. Il jubilait intérieurement. Le destin lui était favorable. Il était prêt. Cette fois, il accomplirait la prophétie des sept chevaux. Un léger tressaillement parcourut malgré lui son visage, unique signe d'une joie pourtant immense.

— Je contraindrai les esprits d'en haut à m'accepter

comme l'un des leurs ! martela-t-il de son poing sur la table, si fort que la tête de cheval tressauta.

Du bout de sa longue canne, il fit tourner sur son axe un étrange globe terrestre à la taille démesurée.

– La mort frappe où elle veut et qui elle veut, ricana l'Ombre en fichant la pointe de sa canne dans le globe terrestre, y imprimant son sceau.

Quelques gouttes d'un sang chaud et poisseux en giclèrent aussitôt.

– Ici, la première race périra ! trancha-t-il.

Puis l'Ombre pivota sur lui-même et se dirigea lentement vers la Porte Obscure, celle qui lui permettait de quitter le Monde Double où il se tenait caché des humains. La lumière se diffusait maintenant par la fente numéro 8. Il était temps de rejoindre les hommes, de se mêler à leur foule et d'agir comme s'il était un des leurs. « Le Mal n'avance-t-il pas masqué ? s'amusa-t-il. Personne ne sait d'où il vient et pourtant il est là. »

La grande porte d'airain s'ouvrit et l'Ombre disparut. Il ne laissa derrière lui, dans la grande salle du globe, que sa canne ensanglantée jetée sur les dalles blanches du sol.

***

Natawas se réveilla en tremblant, traversé par un bruit fracassant. L'aube n'était pas encore levée. La nuit disparaissait et le cercle de la lune s'effaçait peu à peu. Il sortit pour sentir le contact de la terre humide sous ses pieds nus.

Sa vision, cette fois encore, l'avait emporté dans le Monde des esprits d'en haut, et il en revenait terrifié. Son corps lui faisait mal, comme s'il avait été roué de coups. Mais, il le savait depuis longtemps, on ne revient jamais indemne du grand voyage pour rencontrer les esprits.

Cette nuit, Esprit Cheval, le Grand Ancêtre immortel des chevaux, l'avait appelé. Natawas avait fait, en rêve, un long chemin pour le retrouver. Il devait maintenant chanter ce qu'il avait vu.

Natawas s'accompagna de son tambour et c'est en chantant qu'il salua le jour :

– *Vieil Ancêtre des chevaux*, commença-t-il, *je vis de rêves étranges,*

Les chevaux s'en vont au bord de la mort,

Quelqu'un les poursuit de sa haine.

L'Ombre qui s'appuie sur ses os.

Il traverse le désert de feu et de glace,

Frappant le sol de son sabot…

Sa mélopée triste montait dans la brume de l'aube. Ce qu'il avait vu en rejoignant Esprit Cheval, tout là-haut dans les airs, n'était que chaos.

« Trop de morts ! trop de morts ! répétait-il. Mes yeux sont noirs, pleins de cadavres. »

Il invoqua les esprits pour leur demander de l'aide :

– Écoutez-moi ! Je suis Natawas, je connais le chemin qui mène chez vous, depuis longtemps. Vous m'avez choisi pour vous aider à éloigner les puissances du Mal. Mais je suis vieux maintenant. Dites-moi qui sont ces cavaliers qui galopent dans mes rêves ? Pourquoi traquent-ils les chevaux ? Esprits, esprits, écoutez-moi ! haletait le vieux chaman. Ceux qui lutteront contre eux devront voir ce que les autres ne voient pas, comprendre ce que les autres ne comprennent pas et entendre ce qu'ils n'entendent pas. S'ils en sont capables, ceux-là, faites-les passer par la Porte de Jade qui les conduira jusqu'à moi. Je les initierai. J'ouvrirai leurs yeux ! leur âme ! leurs oreilles ! Yoooooo !

Un mince filet de sang coula des lèvres de Natawas, tandis qu'en transe il exprimait les dernières images de sa vision.

Il avait été choisi très jeune par les esprits pour communiquer avec eux. Puis, il avait vécu auprès d'un devin guérisseur qui lui avait appris comment rêver. Mais toutes ses visions, tous ses combats avec les tokauals, ces êtres malfaisants répandant catastrophes, maladies et mort, l'avaient épuisé.

Natawas vivait dans la grotte où le vent apporte la parole des esprits. Elle se trouvait près d'une source surgie du ventre de la Terre. L'eau abreuvait les racines des grands arbres toujours verts et les hautes herbes sur un sol pourtant aride.

C'était là, dans cet espace sacré que les premiers chamans, au commencement du Monde des hommes, avaient eu leurs premiers rendez-vous avec les esprits. Lorsque celui qui l'avait initié mourut, Natawas resta seul. Il dessina sur les parois de la grotte, comme ses pères chamans avant lui, des chevaux rouges de son sang, ocre comme le sol de sa terre natale et noirs comme le charbon des feux de veillée. Il y représenta aussi tous les animaux avec lesquels il avait passé autrefois un pacte, une alliance sans faille.

Un jour d'hiver, Natawas avait rencontré Esprit Cheval, qui l'avait initié, et Natawas, peu à peu, avait appris à sentir, à réagir, à penser comme lui. Peu à peu, il était *devenu* cheval. C'était de cet animal-là qu'il avait reçu la Vue. C'était grâce à lui qu'il savait renâcler, hennir, frapper le sol de ses sabots et secouer sa crinière en s'ébrouant. C'était avec lui qu'il fendait l'air, montait au-dessus des nuages, au-dessus du ciel bleu.

Cette nuit, Esprit Cheval lui avait révélé l'existence menaçante de l'Ombre sans visage et de ses cavaliers.

– Qui est l'Ombre ? avait demandé le vieux chaman en tournoyant sur lui-même comme un cheval fou, l'écume aux lèvres.

Mais l'Esprit ne lui avait divulgué ni dans quel Monde il se tenait, ni comment reconnaître son ennemi. Il lui avait seulement appris que l'Ombre voulait exterminer toutes les races de chevaux.

Natawas avait insisté :

– Pourquoi s'en prend-il aux chevaux ? Esprit Cheval, je suis trop vieux, je ne pourrai pas arrêter seul la folie de l'Ombre. Envoyez ceux que vous choisirez pour m'aider.

Mais Esprit Cheval ne lui avait plus répondu.

Natawas se sentit soudain épuisé. Il rassembla autour de lui ses douze petits chevaux au ventre rond, à la pupille claire, à la crinière de vent, à la robe nuage sombre. Ils étaient les messagers des esprits mais aussi ses protecteurs.

– Mes fils, leur dit-il, j'ai fait cette nuit un trop long voyage, emportez-moi pour que je dorme enfin...

Il monta sur le dos d'Étoile du Matin et dans les premières lueurs sauvages du soleil, il s'endormit.

6

arsley, 29 octobre.

Marco serrait les dents. Le vent du nord transperçait ses vêtements et il avait froid. La neige tourbillonnant en épais flocons cotonneux assourdissait tous les bruits. Un étrange silence, peu à peu, avait envahi la lande. Marco et Arnald marchaient depuis deux heures déjà sans avoir croisé aucune voiture. Ils avaient espéré qu'un de leurs pères viendrait à leur rencontre mais personne ne s'était risqué à quitter sa ferme, craignant sans doute de se retrouver coincé loin de ses moutons. Certains avaient dû tenter de rentrer leurs bêtes, mais la plupart étaient encore dans les pâturages près des lacs.

« Si la température descend encore, les agneaux ne tiendront pas le coup », pensa Marco. Il essayait de ne pas imaginer Lune de Soie couchée sur le flanc. Il avait si mal à la tête que cela devenait insoutenable !

– Tu peux m'expliquer ? bougonnait Arnald. J'en ai marre de courir derrière toi, Marco ! Quel rapport entre ta jument et une photo dans un journal ? Mais réponds-moi, merde, à la fin ! Tu me fais descendre du car en pleine tempête sous prétexte que tu as entendu hennir tes chevaux, qu'ils sont en danger et que tu dois les rentrer. Je te suis, j'ai les pieds gelés et toi, tu t'en fous ! Je pourrais crever, tu ne t'en apercevrais même pas... Qu'est-ce que tu as dans la tête à la fin ?

– Je ne t'ai rien demandé, répliqua Marco, agacé.

– C'est trop facile, reprit Arnald en l'attrapant par la manche de sa parka.

Marco se dégagea brusquement.

– Qu'est-ce qu'il y a ? demanda Arnald, interloqué.

– On s'est perdus ! reprit Marco contrarié.

– Perdus ? répéta Arnald, surpris.

– On devrait avoir dépassé depuis longtemps le croisement de Ruston et Bylord.

– La neige nous a ralentis, remarqua Arnald. Nous n'avons pas quitté la route.

– Les chevaux ! cria soudain Marco. Là-bas, les chevaux !

– Où ça ? demanda Arnald d'une voix blanche, parce qu'il ne voyait aucun cheval à l'horizon.

– Tu les entends ? Ils m'appellent, ils viennent me chercher !

Marco se mit à courir comme un fou dans la neige profonde.

– Reviens ! hurla Arnald. Il ne faut pas s'écarter de la route.

Marco se retourna et Arnald vit qu'il lui adressait un signe d'adieu de la main.

– Fais pas le con ! jura-t-il en essayant de le rattraper.

Mais il se prit les pieds dans sa sacoche, glissa et tomba lourdement. Quand il se releva, Marco avait disparu.

Et sur la neige, il n'y avait plus que les traces rondes et lisses laissées par les sabots de douze petits chevaux...

***

Quand Natawas se réveilla, il comprit aussitôt qu'Esprit Cheval l'avait entendu. Ses douze petits chevaux à la pupille claire étaient partis pendant son sommeil chercher ceux qui l'aideraient.

– Mes fils, leur demanda-t-il, étonné, qui sont ces cavaliers montés sur votre dos, agrippés à votre encolure ? Comment ont-ils affronté le chemin obscur du soleil qui mène de leur Monde au nôtre ? Sont-ils vraiment capables de voir ce que les autres ne voient pas, de comprendre ce qu'ils ne comprennent pas, d'entendre ce qu'ils n'entendent pas ? Est-ce bien ceux qu'Esprit Cheval vous a désignés ?

Natawas regarda avec bienveillance ses douze petits chevaux franchir la Porte de Jade, ce passage qui leur permettait de passer d'un Monde à l'autre. Ils avaient été chercher un à un Marco, Sophia et Nacim. Il ne serait plus seul à combattre l'Ombre.

Quand Natawas découvrit qui les chevauchait, pourtant, il resta un moment perplexe. Il se souvenait de sa longue initiation et comment il avait dû, pendant des heures entières, frotter la pierre pâle en la tournant sans fin sur la paroi de la grotte, pour entrer en transe jusqu'à *devenir* cheval. Cela avait été une épreuve terrible. Marco, Sophia et Nacim étaient-ils capables de supporter une telle initiation ?

Il plissa ses yeux et ce ne furent plus que deux traits dans son visage buriné marqué par les saisons, le vent et ses si longs voyages dans le Monde des esprits. Pour accueillir ses aides, Natawas avait revêtu son long manteau de chaman, une peau de cheval tannée, décorée de perles rouges et de petits miroirs ronds enchâssés dans le cuir. Il avait dessiné à l'intérieur de la peau le soleil, la lune, l'étoile Polaire et douze constellations qui galopaient dans le cercle du ciel. Des clochettes, accrochées aux franges de son manteau, tintaient à chacun de ses pas pour écarter les tokauals. Natawas portait à ses oreilles de simples boucles de crin tressé avec des plumes de geai bleues, qui le protégeaient des mauvaises paroles et empêchaient les tokauals d'entrer par ses orifices pour lui voler son âme.

Le vieux chaman flatta l'encolure de chacun de ses chevaux. Ils secouèrent leur crinière de vent.

Il prit un rameau sec de genévrier et l'enflamma aux dernières braises du feu. Une fumée épaisse et odorante, alors, enveloppa Marco, Sophia et Nacim, que les petits chevaux avaient déposés sur le seuil de la grotte, la tête tournée vers le soleil levant. Ils étaient encore endormis. Le chaman attendrait patiemment qu'ils sortent de leur torpeur et se réveillent seuls.

– Mes fils, constata Natawas en les observant, ces trois-là sont bien jeunes pour combattre ! Leur courage est certainement très grand, mais que savent-ils de la violence et de la haine sans limites de l'Ombre ? De ses cavaliers qui chassent, traquent et tuent sur ses ordres, n'importe où dans le monde ? Comment leur feront-ils face ? Quelle force ou quel pouvoir possèdent-ils ? Parlent-ils seulement cheval ?

Le vieux chaman les recouvrit d'une couverture de laine épaisse, aux signes occultes, seul cadeau du devin guérisseur qui l'avait autrefois initié aux grands rêves.

– Reposez-vous, leur murmura-t-il, le voyage a été long !

Natawas étudia les tressaillements de leur visage, le mouvement de leurs yeux sous leurs paupières closes, l'infime souffle de leur respiration, la forme de leurs lèvres qui laissaient voir dans leur profond sommeil la barrière de leurs dents. Autant de signes qui révélaient sans qu'ils s'en doutent qui ils étaient…

Quand le soleil pâle émergea de la brume de l'aube, le vieux chaman se retira pour que Marco, Sophia et Nacim s'éveillent seuls à leur nouveau Monde.

***

Sophia bougea ses jambes engourdies. Elle ressentait quelque chose d'étrange, une sorte de dédoublement. Elle se voyait à la fois voler dans les airs et étendue sur le sol. Ce flottement n'était pas pour lui déplaire. Elle imagina un instant qu'elle était l'aigle tournoyant au-dessus des marais de Kriskal pour chasser. Elle aimait son cri perçant et chaque fois qu'elle l'entendait, elle levait la tête pour le voir planer dans le ciel. La transpiration âcre des chevaux imprégnait tout son corps. Elle passa le bout de ses doigts sous ses narines et sourit.

« Les chevaux de Kriskal…, songea-t-elle. Ils m'ont emmenée de l'autre côté de la rive. Ils ont réussi. »

Elle se sentit lasse tout à coup, mais heureuse. Des clochettes tintaient au loin, sans qu'elle puisse distinguer si c'était le vent dans les roseaux des marais ou bien autre chose. Elle percevait aussi un ruissellement d'eau, comme le bruit d'une source.

« L'eau se retire des marais, murmura Sophia. Tom va venir me chercher. »

Et elle décida de l'attendre là, comme elle était, allongée sur le sol. « Pas si Poucette que ça », murmura-t-elle en souriant.

Soudain, Sophia entrevit un visage penché sur elle. Mais ce n'était pas Tom. Elle se rendormit paisiblement, sans entendre Nacim qui toussait.

Nacim suffoquait. Une épaisse fumée blanche lui arrachait la gorge. Celle des genévriers que Natawas avait fait brûler. Mais il crut qu'il était encore à Sarrido, dans l'incendie qui avait embrasé les champs de maïs desséchés. « Le feu reprend ! » s'effraya-t-il. Il appela Azur, un des pur-sang de Nanny, son préféré. Il voulut s'agripper tant bien que mal au pommeau de la selle et se hisser, mais il n'y parvint pas...

Au début de l'incendie, Nanny lui avait juré ses grands dieux que le vent allait tourner, qu'une pluie d'orage éteindrait les flammes et que la grande ferme serait épargnée. Mais Nacim, sans hésiter, l'avait montée en croupe sur Azur.

– Trouve l'eau ! lui avait-il crié.

Et le cheval avait guidé le troupeau jusqu'au lac. Nanny lui avait semblé tellement fragile qu'il en avait été bouleversé. Il avait compris, tout à coup, que c'était à lui, maintenant, de la protéger. Pour la première fois, il avait remarqué les veines bleutées de ses mains, comme des petits ruisseaux qui couraient sous sa peau. Elle pouvait être fière : ses chevaux avaient été plus rapides que des cracks sur un champ de courses pour traverser les prairies en feu !

Et maintenant, l'incendie repartait ?

Nacim avait du mal à y croire. Il avait beau humer la fumée, il n'en reconnaissait pas l'odeur de terre, de maïs et de feuilles grillés, de bêtes brûlées. Il entendit galoper. « Ce ne sont pas les pur-sang », remarqua-t-il. Et ce qu'il avait pris pour un cliquetis d'étriers ressemblait plutôt à un tintement de clochettes... Il s'aperçut alors qu'il était allongé par terre. Il tendit l'oreille et compta douze chevaux tout proches de lui. Petits...

Nacim sentit deux mains posées sur son front. Il aperçut furtivement les mêmes ruisseaux bleus que

45

sur celles de Nanny. Il chercha qui, à part elle, pouvait s'occuper de lui. Sans trouver.

Il se calma, peu à peu. Sa respiration devint plus lente et il ouvrit les yeux.

Quelqu'un qu'il ne connaissait pas était assis à côté de lui...

Marco avait toujours pensé qu'entre rêve et réalité la frontière était mince ; sauf que les rêves, souvent, rendent heureux. Dans celui-ci, il se trouvait près d'une grotte, entouré de petits chevaux au ventre rond et à la robe couleur nuage sombre. Il les sifflait et ils se tournaient vers lui en hennissant, leurs grands yeux ronds interrogateurs. Leur pupille était claire. « Ils me connaissent, pensa Marco, étonné. D'où viennent-ils ? On dirait qu'ils ne craignent ni le froid ni la neige. »

Il s'imaginait allongé dans le hangar de son père, glissé entre deux bottes de paille, après avoir rentré ses chevaux dans les stalles réservées à la mise à bas des brebis. Son père gueulerait sûrement en les trouvant là, mais Marco s'en fichait. Maintenant, ils étaient au chaud et ils y resteraient. « Si Lune de Soie n'avait pas entraîné les autres, ils n'auraient peut-être pas suivi », songea-t-il. Marco lui avait mis sur le dos une vieille couverture et l'avait flattée en la frottant avec un bouchon de paille. Il espérait que son père ne tarderait pas, parce qu'il avait envie d'une douche bien chaude. Il l'entendait déjà couler... Pourquoi Bude avait-il fermé la baraque ? Et où était le chien ?

Marco avait l'impression de se trouver ailleurs, loin, très loin de chez lui, quand on l'interpella :

– Tu sais où on est, là ?

Marco sursauta. D'où sortait-il celui-là ? Marco ne l'avait jamais vu… « Est-ce que je l'ai croisé au port de Ziderland, où les bateaux de pêche à la morue font escale ? »

L'autre insista en toussotant :

– Tu es du coin ?

Marco remarqua son tee-shirt sale et à moitié déchiré. « Il va crever de froid, sans parka, songea-t-il. Il a tellement neigé… » C'était peut-être un de ces jeunes qui traînaient dans les pubs de la ville et dont les virées en voiture se terminaient en général dans les barbelés des parcs à moutons.

Nacim crut un moment qu'il s'était évanoui près du grand lac et que quelqu'un l'avait porté dans cette grotte pour le mettre à l'abri de l'incendie. Peut-être ce type à côté de lui, mais il ne ressemblait pas à un gars de chez lui… Et puis, quelle idée, cette parka en pleine saison sèche !

– Tu sais jusqu'où est allé l'incendie ? l'interrogea Nacim.

Marco, stupéfait, resta sans voix et Nacim n'insista pas.

Des petits chevaux broutaient paisiblement dans l'herbe haute.

– Merde ! s'écria Nacim. Il y a de l'herbe, par ici ? Et dire que l'on se crève depuis trois mois avec

Nanny, à chercher du foin ! Ils sont à toi, ces chevaux ? Tu habites dans cette grotte ? Merci pour la couverture, au fait...

Marco n'y comprenait rien ; son rêve était tellement incohérent. Soudain, il crut entendre tinter la cloche du bélier de tête. Le troupeau devait suivre, son père allait arriver.

– Y a ta frangine qui se réveille ! lança alors Nacim.

Marco tourna la tête instinctivement. Une fille émergeait d'une couverture. « La même que celle de Lune de Soie », constata Marco, troublé.

– Pourquoi Tom n'est pas venu me chercher ? demanda-t-elle aux deux garçons. Sa moto est en panne ? Le moteur a pris l'eau ?

Nacim comprit aussitôt qu'il s'était trompé : la fille n'était pas sa sœur. Elle était blonde et lui brun, mais, surtout, elle n'avait pas l'air de le connaître.

– Vous avez écouté la météo ? insista Sophia. Je ne sais pas quand le niveau de l'eau baissera...

Nacim et Marco hochèrent la tête. De quoi parlait-elle exactement ?

Elle était plutôt mignonne, même avec ses cheveux raides complètement collés sur sa tête.

Sophia réfléchit. Que faisait-elle dans une grotte avec eux ? Il n'y avait qu'une grotte dans les environs de Fravignac et elle se trouvait dans un parc d'attractions. Celle-là avait l'air bien réelle. Elle appartenait certainement à ces deux cinglés, l'un déguisé avec une parka et l'autre débraillé en tee-shirt sale...

Elle entendit des chevaux hennir.

– Vous avez mis les miens avec les vôtres ? interrogea-t-elle, les yeux écarquillés.

Ils avaient dû profiter de l'inondation pour attraper quelques chevaux sauvages. Ils essaieraient probablement de les revendre quand la météo se serait calmée.

– Ils sont sauvages ! Ils doivent vivre en liberté, les avertit-elle fermement.

Mais elle s'aperçut qu'ils ne l'écoutaient pas et regardaient ailleurs. Elle envoya promener la couverture, bien décidée à leur demander des explications.

C'est alors que, debout derrière Marco et Nacim, elle vit le chaman s'avancer. Il marchait à pas lents, revêtu d'un long manteau réfléchissant les rayons du soleil, et frappait sur le sol un bâton où des becs, des griffes, des cornes, des touffes de poils étaient attachés par de fines lanières. Douze petits chevaux suivaient ses pas au son cadencé de clochettes.

– Ils sont encore imprégnés de leur Monde, murmura Natawas. Ils n'ont pas oublié d'où ils viennent. Accepteront-ils d'être initiés au Monde des esprits pour combattre l'Ombre ?

Il ranima le feu sur le seuil de la grotte. Tout en lançant par poignées des grains d'encens, il interpellait les esprits pour qu'ils protègent les nouveaux éveillés.

– Ils sont là ! Ils sont venus ! répétait le vieux chaman. Mangez leur nom et souvenez-vous d'eux. Marco, Nacim, Sophia !

Il tournait autour du feu en frappant le sol de son bâton. Quand un esprit lui parlait, il le remerciait.

– Éloigne le mauvais sort ! reprenait-il. N'oublie pas tes promesses quand le jour sera venu ! Toi, Bodoli, préviens-les à temps, quand ils croiseront la route des tokauals ! Et toi, Esprit du vent, rends-les invisibles !

7

Marco, Sophia et Nacim n'osaient pas bouger. Ils assistaient incrédules à cette cérémonie sans en comprendre le sens.

« Est-ce que les autres savent pourquoi nous sommes dans cette grotte ? » Enveloppée dans la grande couverture du chaman, Sophia grelottait. Elle s'était rapprochée du foyer mais elle ne pouvait pas s'empêcher de trembler. Qui les avait réunis ici et comment ? Ils n'étaient pas là par hasard.

Le chaman s'approcha d'eux, suivi de ses petits chevaux. Qui était-il ? se demandèrent-ils tous les trois.

– Vous êtes venus jusqu'à moi par le chemin obscur du soleil, leur expliqua Natawas. Mes petits chevaux vous ont portés pendant longtemps, sans jamais s'arrêter.

– Quel chemin ? chuchota Nacim, qui ne comprenait pas les paroles mystérieuses du chaman.

– Celui que le soleil emprunte sous terre lorsqu'il poursuit sa course pendant la nuit, expliqua Natawas.

– Où sommes-nous ? renchérit Sophia.

– Le lieu où nous nous trouvons n'est pas important. L'essentiel est qui nous sommes et ce que nous faisons.

Elle comprit que le vieux chaman ne lui répondrait pas.

– Pourquoi sommes-nous réunis ici tous les trois ? insista Marco.

– Esprit Cheval vous connaît.

– Esprit Cheval ? reprit Nacim, incrédule.

– L'Ancêtre mythique de tous les chevaux qui existent dans l'univers, celui qui veille sur eux. C'est lui qui vous a choisis parce qu'un lien vous relie à eux. Vous le savez, affirma Natawas, les chevaux sont clairvoyants, et ils croient en vous. Vous êtes différents des autres. Vous voyez ce que les autres ne voient pas, vos rêves sont des visions. Vous possédez une force qui ne vous a pas encore été révélée.

Sophia, Nacim et Marco échangèrent des regards stupéfaits. Dans quel monde étrange se trouvaient-ils ? Rêvaient-ils ? Mais alors, quelle sorte de rêve était-ce ? Pourtant, la présence du vieux chaman et de ses petits chevaux les rassurait et ils se sentaient bien. Un tel homme ne pouvait leur vouloir de mal.

Ils comprirent bientôt qu'ils devaient accepter de perdre leurs repères. Natawas les conviait dans un monde où le temps et l'espace étaient différents et ce monde, grâce à ses paroles, entrait en eux progressivement.

Le vieux chaman ajouta, énigmatique :

– Si vous acceptez de mourir et de renaître, vous deviendrez chamans et, grâce à vous, les chevaux vivront. Personne ne choisit son destin. Sauf vous !

Ils se tourna vers les siens, ceux à la pupille claire, et porta la main à son oreille :

– Mes fils, que dites-vous, ?… Seront-ils capables d'écouter les messages des esprits ?… De dialoguer avec eux ?… Ont-ils l'âme assez forte ?… Possèdent-ils vraiment le don de vision ?…

Et pour lui-même, il ajouta :

« Comprendront-ils que tout cela n'est pas un jeu ? Que ce n'est pas pour s'amuser que l'on devient chaman ? »

Puis Natawas se leva et s'en alla, ses douze petits chevaux marchant dans ses pas.

Le silence se fit pesant. Marco remit quelques branches sèches dans le feu ; elles crépitèrent. Alors, tout à coup, sous leurs yeux étonnés, les dessins sur les parois de la roche se mirent à vibrer.

– Des chamans ont-ils vraiment vécu dans cette grotte ? chuchota Marco. Nous transmettront-ils leurs pouvoirs ?

– Quelle force possédons-nous et comment l'utili-ser ? s'inquiéta Sophia.

Elle se leva et contempla un à un les animaux peints aux couleurs rouges, ocre ou noires.

– Qu'ont-ils vu, ceux qui invoquaient ici les esprits ?

Ils restèrent à nouveau un moment silencieux. Puis, Nacim reprit la parole :

– Qu'avons-nous en commun ? Les chevaux ? Seulement les chevaux ? Que vous est-il arrivé avant qu'Esprit Cheval ne vienne vous chercher ? Moi j'ai cru un moment que je rêvais ou que j'étais mort...

– Mort ? s'exclama Sophia.

– Tu parlais déjà aux esprits ? tenta Marco.

Il ne lui répondit pas. Au loin, on entendait le son d'un tambour et Natawas qui chantait.

– Il convoque les esprits, murmura Marco.

– Je sens leur présence, avertit Nacim.

– Ils sont là, confirma Marco.

Sa respiration s'accéléra et il vit les dessins de la grotte vaciller.

– La neige, la glace ! articula-t-il d'une façon étrange, comme si quelqu'un d'autre, soudain, parlait pour lui. Je vois l'Ombre du malheur. Les chevaux vont mourir, ils ont froid. Je vois une traînée de sang et de cendres. Les chevaux vont mourir, mais où ? Ils grelottent et les poulains dans le ventre de leur mère seront tués eux aussi.

– Moi, je vois le feu qui avance, dévorant l'herbe des pâtures, reprit Nacim. Les chevaux vont mourir ! Je les vois. Ils galopent, leurs sabots noirs glissent. Le monstre gronde, il les emporte dans la gueule rouge de son sang. Les chevaux vont mourir ! Où est le père qui les sauvera ? Où ?

Sophia, Marco et Nacim étaient en transe et leurs voix résonnaient en écho dans la grotte, comme celles des anciens chamans.

– Neige, feu, eau, pourquoi voulez-vous les ensevelir ? continua Sophia de cette même incantation qui déformait leur voix. Qui vous l'a ordonné ? Qui en a le pouvoir ? Les chevaux sauvages connaissent le secret des pierres. Je vois leur père à huit sabots. Puissance magique gravée sur la barrière de ses dents. Il sait ! Il sait ! Sans lui, les chevaux vont mourir. Où est-il ? Sous la terre.

Et brusquement, elle se tut.

Ils ressentirent alors tous les trois une étrange fatigue et quelque chose d'amer et chaud dans leur bouche. Leur corps était douloureux comme après un long voyage. Esprit Cheval leur avait révélé quels dangers menaçaient les chevaux, mais Marco, Sophia et Nacim ne découvriraient le sens caché de son message qu'après avoir été initiés par Natawas.

– Esprit Cheval vous a choisis à cause du pacte qui vous lie aux chevaux, leur expliqua le vieux chaman quand ils furent reposés. Chacun de vous est capable de risquer sa vie pour les sauver et eux risqueraient la leur pour vous.

Sophia contemplait le jeu des flammes. Son visage était si calme que Marco se troubla. À quoi pensait-elle ? Et Nacim ? Sentaient-ils, comme lui, les paroles du vieux chaman les remplir de force et de confiance ? Entendaient-ils, comme lui, les douze cœurs de ses petits chevaux battre au même rythme que le leur ?

– Vous devez devenir ce que vous êtes, reprit Natawas : des chamans. Voilà pourquoi Esprit Cheval vous a appelés auprès de moi.

– Des chamans ! répéta Sophia.

Et elle ferma les yeux, émue aux larmes.

Les petits chevaux au ventre rond, à la pupille claire, les entendirent entonner dans la grotte, sans qu'ils l'aient jamais appris, le chant rituel des chamans. Ce chant-là, les esprits d'en haut leur en avaient fait don à leur naissance, et ils le leur rappelaient.

Les petits chevaux avertirent Natawas. Ils n'avaient pas porté en vain Marco, Sophia et Nacim sur le chemin obscur du soleil. Tous les trois possédaient bien le don de vision.

– Mes fils, se réjouit le chaman, alors il est temps d'initier ses jeunes chamans à comprendre ce que veulent leur dire les esprits.

8

L'Ombre se fatiguait plus vite qu'il ne le pensait. Vieillir et perdre ses forces l'irritait. Il devait absolument lutter contre le temps qui passe, l'arrêter avant qu'il ne soit trop tard. Il n'était resté que quelques jours loin du Monde Double, le temps de régler des affaires liées à son apparence mortelle. Ici, personne, par les douze fentes de verre de son bureau, personne ne pouvait le surprendre et découvrir qui il était.

L'Ombre prit entre ses mains le crâne de cheval aux orbites vides et le tourna vers son visage.

– Et toi, tu serais bien incapable de me dénoncer, rugit-il. Tu m'aimes trop !

L'Ombre le caressa doucement, et, subitement, le fracassa contre le sol. La mâchoire se brisa et les dents roulèrent sur les dalles, mais les orbites, curieusement, restèrent intactes.

L'Ombre les ramassa et les reposa sur son bureau. Il fut pris soudain d'un rire fou et tonitruant :

– Mon petit cheval ne veut pas mourir !

Il se calma, s'assit dans son large fauteuil de cuir fauve et se déchaussa. Le contact froid des dalles le soulagea. Ses bottines de cuir lui avaient comprimé les pieds. Il les repoussa violemment du bout de sa canne, préoccupé. En trois points de son globe terrestre, l'Ombre avait fiché une fléchette de bronze marquée de son sceau. Il respira profondément, contenant sa rage, et se raisonna :

– Quelqu'un, dans chacun de ces trois pays, a risqué sa vie pour sauver des chevaux. Je dois les briser avant qu'ils ne deviennent gênants. Aucun espace du monde ne doit m'échapper !

Il fit tourner le globe, écouta le déplacement de la sphère et son frottement dans l'air. Les continents défilèrent sous le quadrillage des longitudes et des latitudes.

L'éclat de la pleine lune se faufila par la fente 12. L'Ombre se massa les pieds avec une sorte de grognement étouffé. Le gauche se refléta dans les miroirs et instinctivement l'Ombre détourna les yeux. Puis il ramena vers lui ses bottines du bout de sa canne et les enfila.

– La traque est ouverte ! lança-t-il, satisfait, et il décida de convoquer ses cavaliers.

***

Natawas avait prévenu Marco, Sophia et Nacim : être initié est une épreuve difficile que l'on vit dans son corps et dans son esprit. Il les avait avertis qu'il leur serait interdit de parler entre eux, pour se concentrer uniquement sur ce qu'il leur demanderait. Tous trois porteraient un long manteau blanc orné de spirales, de cercles et de lignes brisées, marques d'un langage secret. Le chaman avait cousu sur la capuche des crins de cheval. Enfermés dans le ventre de la grotte sans pouvoir distinguer le jour de la nuit, ils devraient danser autour d'un feu en suivant le rythme du tambour.

Marco, Sophia et Nacim n'avaient pas hésité ; chacun puiserait dans son propre courage pour affronter les épreuves. Ils le savaient : Natawas leur communiquerait par énigmes ce qu'il voulait leur enseigner. Il les brusquerait, les provoquerait, les pousserait à bout de forces. À eux de vaincre leurs peurs et leurs souffrances pour prouver qu'ils étaient capables d'être chamans.

Le premier jour de leur initiation, Natawas leur apprit à rêver.

– Yooo, Yooh ! L'Ombre attaque où il veut, lança-t-il pour commencer son rituel. Vous le croyez là-bas, mais il est ici. Vous le croyez ici, mais il est là-bas. Vrai ou faux, il faut aller droit devant soi.

Sophia entendait les paroles de Natawas et le son régulier de son tambour de peau. Elle dansait, écorchant ses pieds nus sur le sol de la grotte. Marco, à force de tourner autour du feu, était pris de vertige. Il voulut s'arrêter, mais Natawas l'obligea à reprendre sa danse. Nacim transpirait et l'éclat des flammes l'éblouissait ; il trébucha et s'appuya sur la paroi de la grotte mais le chaman le poussa à avancer avec son long bâton. Ils dansèrent pendant longtemps, les pieds en sang, exténués. Quand ils furent en transe, Natawas sut qu'ils étaient prêts à aller au-delà d'eux-mêmes. Il leur demanda d'une voix ferme :

– Qui êtes-vous ?

– Nous sommes cheval ! répondirent-ils ensemble.

Et comme pour le lui prouver, Marco, Sophia et Nacim secouèrent leurs cheveux comme une crinière, balancèrent leur tête d'avant en arrière et grattèrent le sol de leurs pieds.

– Que voyez-vous ? reprit le chaman.

– L'Ombre sans visage dans un pays de feu et de glace ! affirmèrent-ils sans hésiter.

Excités par le rythme du tambour, malgré leur peur, ils ressentaient de plus en plus intensément leurs pouvoirs de vision.

– Que cherche-t-il ?

– La race des petits chevaux qui glissent sur la neige !

– Que voyez-vous encore ? insistait Natawas pour les pousser à exprimer les images qui les traversaient.

– Je vois… l'Étalon mythique qui est père de cette race. Il galope dans le ciel du Nord ! lança soudain Sophia.

– Avec ses huit pattes, il ne craint pas le monstre qui ne va pas sur ses deux pieds ! reprit Marco sans comprendre vraiment le sens de ce qu'il venait d'énoncer.

– Que voyez-vous encore ? insista Natawas en frappant son tambour de plus en plus vite.

– Ma vision devient claire, cria Nacim. L'Ombre tourne sur un cercle.

– Que vos visions soient sincères ! dit le chaman. Qu'elles vous donnent la connaissance du jour et de la nuit !

Le battement de son tambour accélérait encore la danse, affolant leurs pas. Marco, Sophia et Nacim tournoyaient sur eux-mêmes, mimant avec violence les chevaux déchaînés, jusqu'à ce qu'ils se couchent enfin sur le sol, épuisés. Ils ne mangeraient pas, ils ne boiraient pas. Ni aujourd'hui ni demain.

Sophia ne sentait plus son corps. Elle regardait à la lueur des dernières braises la voûte de la grotte. Est-ce qu'il faisait jour ou nuit dehors ? Aurait-elle le courage d'affronter la deuxième épreuve ? Par orgueil, mais aussi pour se prouver qu'elle était capable de devenir chaman, elle ne voulait pas renoncer. Elle entendait la respiration de Nacim et de Marco allongés à ses côtés. Ils ne devaient pas se parler afin de ne pas rompre la force de cette cérémonie d'initiation par des paroles sans intérêt. Les deux garçons lui tendirent chacun une main qu'elle serra fort. Ils s'endormirent ainsi, liés par le même destin.

9

Quand Natawas les réveilla, le deuxième jour, un grand feu brûlait déjà. Ils avaient l'impression de ne pas avoir dormi et se levèrent difficilement. Ils avaient faim et soif, aussi. Sophia se sentait faible. Elle avalait sa salive pour essayer de tromper son envie de boire et adoucir sa gorge desséchée. Leur visage, leurs mains étaient sales. Les boucles brunes de Nacim étaient raidies par la terre et la transpiration. Sophia et Marco virent dans ses yeux verts cernés qu'il leur disait d'être forts et de tenir bon. Elle eut un pauvre sourire et Marco lui fit un petit signe d'encouragement.

Natawas les mit en garde contre les esprits malfaisants.

– Yooo ! chanta-t-il. Je vois des créatures de toutes sortes. Elles vous cherchent. Elles veulent prendre votre voix, votre âme et votre force de vie. Dans un monde inconnu, ne parlez pas trop, c'est mauvais. Sinon, faites-le à voix basse... Méfiez-vous des tokauals, ces esprits du Monde souterrain. Ce sont les maîtres des épidémies, des catastrophes et de la mort. Ils rôdent et tournent autour de leurs victimes pour dévorer leur âme. N'oubliez jamais de protéger votre bouche et vos oreilles quand vous sentirez leurs présences maléfiques. Quand je les entendrai vous assaillir, je convoquerai mes animaux protecteurs pour les combattre.

La voix de Natawas résonnait inlassablement contre les parois de la grotte :

– Chat aux yeux perçants, tu seras là ! Aigle aux serres d'acier, renard vif, renne rapide, oiseau des neiges, vous serez là ! Et toi aussi, vieil ours à deux crocs ! Et vous, petit peuple des mulots gris, vous serez là aussi, quand j'aurai besoin de vous.

Le vieux chaman égrenait la longue litanie de tous les animaux avec lesquels il avait passé un pacte, enveloppant Nacim, Marco et Sophia d'une fumée de plantes bénéfiques.

La gorge en feu, les yeux larmoyants, tous les trois serraient les poings pour ne pas faiblir. Aucun mot, aucun cri, ne devait sortir de leur bouche.

Le tambour de peau résonnait, encore et encore. Ils n'arrivaient plus à penser. Ils ne savaient plus qui ils étaient, ni d'où ils venaient. Marco, Sophia et Nacim ne se souviendraient bientôt plus de leur ancienne vie à Harsley, Fravignac ou Sarrido. Ils auraient oublié leurs amis, leurs parents et même leurs propres chevaux pour appartenir au Monde des chamans. En mourant ainsi à eux-mêmes, comme le veulent les chamans, ils seraient capables de convoquer la puissance des esprits.

Soudain, ils eurent l'étrange sensation de tomber, d'être aspirés dans un long tunnel noir sans fin. Ils entendaient des voix menaçantes, des griffes lacéraient le manteau blanc qui les protégeait. Des becs les picoraient et ils durent se protéger le visage et les yeux.

Marco répétait les incantations de Natawas pour tromper son angoisse. Il ne supportait pas cette descente dans les ténèbres, mais cela ne servirait à rien de se débattre, il le savait, il devait résister. Il pensa à Sophia… Comment faisait-elle pour supporter tout cela ? Et Nacim ? Il aurait aimé partager avec eux ses peurs et ses doutes. Tout lui semblait confus. Ce qu'il vivait était-il réel ou devenait-il fou ?

Au bout d'un long moment qui leur parut interminable, ils aperçurent enfin une lumière éclatante et se réveillèrent dans la grotte, hébétés. Sophia se demanda si les garçons avaient subi la même épreuve qu'elle, mais elle était si fatiguée qu'elle n'eut pas la force de lire dans leurs yeux.

Quand arriva la troisième épreuve, le troisième jour, Marco, Sophia et Nacim tenaient à peine debout. Ils souffraient de soif et de faim ; leur langue était pesante et leurs lèvres fendillées. Ils étaient amaigris, sales et hagards, mais tous les trois tenaient bon.

Natawas voyait la grandeur de leur âme et se sentit fier d'eux. Ils pourraient bientôt accomplir ce qu'Esprit Cheval attendait de chacun : sauver les races de chevaux que l'Ombre voulait exterminer.

Il leur remit un talisman.

– Yooo ! Voici la pierre pâle chargée de mes pouvoirs de divination partagée en trois. Des lettres y sont gravées pour comprendre le monde des profondeurs.

Le vieux chaman avait entouré chaque pierre d'une bandelette de cuir.

– Portez toujours ce talisman sur vous, à même la peau, au bras, au cou ou au pied. Ne vous en séparez jamais car il nous relie, où que nous soyons. La pierre pâle est le miroir des présences bénéfiques. Si elle devient grise et sans éclat, vous serez assaillis par les présences maléfiques. Frottez-la pour communiquer avec moi, si vous avez besoin d'aide ou si les cavaliers de l'Ombre surgissent pour vous tuer. Je vous enverrai mes animaux protecteurs et je serai avec eux, par la puissance de mes pouvoirs. Vous devez subir maintenant la dernière épreuve, reprit-il. Celle qui vous fera chaman par le sang.

Il s'approcha d'eux et les enveloppa d'une fumée de plantes narcotiques. Puis, avec le bord tranchant de chaque pierre, il leur incisa le bras, le cou et le pied. Le sang rouge et clair jaillit, maculant leur manteau blanc. Sophia se mordit les lèvres pour ne pas hurler. Elle ne supportait pas la vue de son sang. Les chevaux peints sur la paroi de la grotte galopaient en tous sens dans ses veines et suivaient les battements de son cœur affolé. Elle entendit un sifflement aigu résonner dans sa tête, le noir envahit ses yeux. Elle allait perde connaissance. Le vieux chaman appliqua sur leurs plaies un onguent et récita des prières aux esprits. Le sang chaud se figea. La boursouflure de la blessure formerait bientôt un dessin mystérieux, dont eux seuls connaîtraient le secret.

Allongés sur le sol, les membres raidis, les yeux clos, Nacim, Sophia et Marco ne bougeaient plus. Natawas prit alors un stylet taillé dans un roseau, le trempa dans un liquide brunâtre et tatoua sous leurs pieds la carte du chemin obscur du soleil, pour qu'ils retrouvent la Porte de Jade.

– Maintenant, apprenez le nom de mes douze petits chevaux à la pupille claire pour les invoquer, leur murmura-t-il à l'oreille, chaque fois que vous vous sentirez seuls ou en danger. Ils vous entendront et viendront à votre rencontre...

Natawas scanda leurs noms :

– Étoile du Matin, Nuage Clair, Aurore, Azur, Aube Irisée, Perle de Rosée, Nuage Gris, Étoile du Soir, Petit Soleil, Pluie de Lune, Ciel de Lait et toi, Matin Calme, vous les chevaux du vent, ne les abandonnez pas.

Il aspergea les manteaux blancs des nouveaux chamans de terre ocre mélangée au sang des chevaux et au charbon noir du feu mourant.

Sophia geignait, secouée de spasmes. Le son lancinant du tambour de Natawas les rendait fous. Nacim se mit soudain à transpirer, fébrile et tremblant. La faim lui tordait l'estomac de douleur et il vomit sur le sol. Marco livide, les yeux révulsés, commençait à délirer. Alors, Natawas traça sur le sol autour d'eux le cercle sacré. Lorsqu'ils le franchiraient, ils seraient devenus de vrais chamans et seraient prêts à affronter l'Ombre.

Ils entendirent le vieux chaman leur murmurer :
– La véritable initiation ne connaît pas de fin. Le maître seul reste détenteur des secrets.

Ils comprirent qu'ils avaient encore beaucoup à apprendre, mais ils étaient si heureux d'être arrivés au bout de leurs épreuves, qu'ils s'enlacèrent en pleurant.

Marco, Sophia et Nacim ne parleraient jamais, ni entre eux, ni à quiconque, de leur initiation. Ils avaient vécu la faim, la soif, la souffrance et la peur de la folie et ils avaient triomphé. Mais c'était une expérience si intense qu'elle ne pouvait être dévoilée.

La nuit suivante, quand la lune fut pleine, Esprit Cheval avertit Natawas en songe. Le chaman sut alors que Marco, Sophia et Nacim le quitteraient au premier quartier de la nouvelle lune pour accomplir leur mission. Son cœur se serra, car il les aimait déjà comme ses enfants. Il monta sur Nuage Gris et galopa jusqu'au petit matin.

Quand le jour de leur départ arriva, Natawas les réunit une dernière fois dans la grotte. Ils allaient repasser par la Porte de Jade en chevauchant ses petits chevaux à la pupille claire qui les guideraient jusqu'au nord de la Terre. Ce voyage chamanique serait long et difficile, mais leur initiation les y avait préparés.

Natawas alluma un grand feu, et, sous le regard des chevaux qui galopaient depuis des millénaires sur les parois de la roche, ils tinrent conseil.

– Natawas, demanda Sophia à voix basse, comment saurons-nous que tu es avec nous lorsque nous vivrons dans ce pays de glace et de feu ?

– Vous entendrez mon tambour.

– Qui nous aidera à sauver la race des petits chevaux du Nord ? interrogea Nacim. Et à quoi reconnaîtrons-nous l'Ombre que nous devons combattre ?

– Je ne sais pas, répondit le vieux chaman en fermant les yeux un instant. Esprit Cheval vous le révélera une fois que vous serez là-bas. Soyez réceptifs à toutes vos visions, qu'elles surviennent le jour ou la nuit. Elles seront énigmatiques et vous n'en percevrez pas toujours le sens. Déchiffrez-les. Ne parlez pas pour ne rien dire, à tort et à travers. Un chaman doit savoir se taire et réserver ses paroles aux esprits. Ne faites confiance à personne, les cavaliers de l'Ombre sont sans visage et peuvent surgir n'importe quand.

Il se leva et jeta une poignée d'encens dans le feu.

– Notre talisman, la pierre pâle, ne nous aidera pas à les distinguer ? s'inquiéta Marco.

– Vous ne pourrez pas toujours le consulter. Chaque fois que vous serez en danger, souvenez-vous de ce que vous avez vu pendant votre initiation. Ne doutez jamais de la parole de l'un ou l'autre et soyez sincères dans vos visions. Vous sauverez la race des chevaux du Nord, c'est votre destin.

Le vieux chaman jeta encore une poignée de grains d'encens.

– Natawas, murmura Sophia, où trouverons-nous l'Étalon mythique, père de cette race ? Pourquoi possède-t-il huit sabot ?

Natawas la regarda intensément. Sophia avait l'âme claire, elle rencontrerait le passeur qui les aiderait à aller jusqu'au bout de leur mission, mais il ne le lui révéla pas.

Il entonna son chant chamanique aux esprits protecteurs :

– Yoooo ! Ils vont faire le grand voyage ! Souvenez-vous d'eux. Marco, Nacim, Sophia...

Et il tourna autour du feu, en frappant le sol de son bâton.

– Éloignez le mauvais sort ! N'oubliez pas vos promesses le jour venu ! Prévenez-les à temps, quand ils croiseront la route des tokauals !

Marco, Sophia et Nacim comprirent qu'il ne leur révélerait plus rien.

Les douze petits chevaux de Natawas se serrèrent contre lui. Il les embrassa un à un.

– Mes fils, leur dit-il d'une voix mal assurée, il est temps de les emmener là où ils doivent aller.

Sophia, avant de monter sur le dos d'Étoile du Matin, ne put s'empêcher d'étreindre le vieux chaman. Il posa la main sur son front.

– Ne crains rien, murmura-t-il, je serai avec toi.

Il saisit les mains des garçons.

– Soyez forts et tenez bon malgré tout ce que vous ne comprendrez pas.

Puis, il frappa le sol de son bâton. Ils entendirent les clochettes de son manteau tinter à chacun de ses pas et le son de son tambour s'éloigner.

Reviendraient-ils de leur mission ?

10

ackqueville.

J Paul rentra chez lui vers 18 heures, à la tombée de la nuit. Il remarqua la lune à peine levée dans le ciel. Elle était pleine et peuplait d'ombres la rue mal éclairée. C'était l'heure où les filles arrivaient pour séduire les clients et se faire de l'argent. Le patron mettait la musique à fond et un misérable néon bleu clignotait dans la nuit. *« Cric Crac, Cric Crac »*. Enfin, quand il fonctionnait.

Paul travaillait là depuis l'âge de 12 ans et il en avait presque 16. Au début, il balayait les mégots sous les tables et les cafards à moitié morts qui se débattaient sur le dos, les pattes en l'air. Il lavait le sol de ciment si usé qu'il s'était effrité, laissant çà et là des trous où s'accrochait la serpillière. Et puis, un jour, le patron avait décidé que Paul servirait, même s'il devait encore s'occuper du sol. Mais Paul avait accepté sans broncher tout ce travail, car maintenant il pouvait dire qu'il était garçon de café.

Il caressa le billet de banque plié au fond de sa poche pour que la chance ne le quitte pas. Il aurait pu se payer le bus pour rentrer chez lui mais pourquoi dépenser l'argent bêtement ? Il irait à pied, comme d'habitude.

Paul passa devant les petites échoppes éclairées par des lampes à pétrole qui vendaient du maïs grillé. Il évita de justesse un petit tas d'ordures abandonné sur le bord de la route, quand il eut l'impression d'être suivi par une lourde berline noire.

Elle le dépassa en le frôlant et s'arrêta un peu plus loin. Paul prit peur, sans savoir pourquoi. Il voulut traverser pour s'enfoncer dans le quartier des cireurs de chaussures, mais la voiture accéléra en marche arrière juste au moment où il s'engageait. Paul recula d'un bond et entendit un bruit sec contre le pare-chocs arrière. La berline noire redémarra aussitôt. Il eut le temps d'apercevoir derrière la vitre, à la lumière vacillante des lampes à pétrole, le visage d'Enzo Ricardo et peut-être aussi celui de Luis. Que venait faire l'architecte dans ce quartier pouilleux ? Et s'il avait donné l'ordre au chauffeur de l'écraser ? Mais pourquoi ? Ça n'avait aucun sens...

Sur la chaussée, un chien jaune, maigre et galeux se releva. Il s'effondra en geignant dans un fossé, un peu plus loin. Personne n'y fit attention. Son cadavre pourrirait là, à moins que d'autres chiens ou les rats noirs ne viennent le manger, ce qui après tout serait préférable, à cause de l'odeur. Paul s'épongea le front avec un pan de sa chemise de travail, la seule qu'il possédait. Il décida de passer par chez Luis pour voir s'il y était avant de rentrer chez lui.

Paul trouva difficilement la porte numéro 9 dans la courée où habitait Luis. Les lanières de plastique multicolores utilisées pour se protéger des mouches cachaient la plaque. Paul frappa et, sans réponse, entra. La lumière des lampes à pétrole de la courée éclairait suffisamment la pièce.

Il n'avait pas imaginé la chambre de Luis comme ça. Tout était impeccablement rangé. Il y avait un broc à eau et une bassine en émail pour se laver, une table presque neuve, et, au plafond, une vraie lampe avec un abat-jour, pas juste une ampoule pendant au bout d'un fil électrique. Luis devait être le seul, dans le quartier, à pouvoir se payer l'électricité.

Paul alluma. La peinture des murs blancs était neuve. On n'y voyait ni cloques, ni taches brunes d'humidité. Quand à la couverture, sur son matelas par terre, elle était de belle qualité. Une table de chevet en bois peint laissait supposer que Luis achèterait bientôt un vrai lit.

Luis avait le même âge que Paul et travaillait au *Cric Crac* depuis quelques mois seulement, et ce dernier ne s'était jamais demandé d'où il venait. Dans cette ville, on évitait de s'occuper des affaires des autres, c'était plus prudent. Chacun se débrouillait comme il pouvait pour survivre avec de petits trafics, et apparemment Luis avait mieux réussi que lui. Paul l'envia.

Sur le mur, juste en face de son matelas, Luis avait collé une photo de chevaux galopant dans la neige. Dans un pays où il fait 32 °C jour et nuit, c'était insolite, mais Paul trouva l'image vraiment très belle. Il aurait bien aimé avoir la même. Il se demanda si Luis avait vécu là-bas.

Une fléchette en plastique rouge fichée en plein milieu avait déchiré la photo. Pareil pour la carte du monde punaisée sur la porte.

– Vous cherchez quelqu'un ?

Paul sursauta. Une vieille femme hirsute se tenait dans l'encadrement de la porte.

– Il est parti, dit-elle en chuintant. On est venu le chercher. Des types, ajouta-t-elle en s'essuyant la bouche avec un mouchoir sale.

Paul remarqua qu'il lui manquait des dents.

– Je sais, je suis au courant, affirma-t-il.

La vieille sut qu'il mentait.

– Si vous dérangez pas, vous pouvez rester dormir, proposa-t-elle. Les autres m'ont payée pour que je garde, mais on peut s'arranger...

Et elle lui montra, avec son pouce et son index, qu'il devrait payer lui aussi.

11

Depuis que Marco, Sophia et Nacim étaient partis, Natawas avait peint chaque jour sur les parois de la grotte des animaux protecteurs pour les accompagner dans leur voyage. Lorsqu'il vit revenir par la Porte de Jade ses douze petits chevaux trempés de sueur et affamés, il sut que tous les trois avaient rejoint cette terre du Nord, de glace et de feu, où Esprit Cheval les avait appelés. Il frissonna, prit son tambour de peau et le fit résonner pour entrer en contact avec eux.

Sophia ressentit son battement sourd s'ajoutant à celui de son cœur, quelque chose d'inexplicable qui se mêle au sang des veines et donne soudain ce sentiment étrange de vivre à l'unisson avec le Monde des esprits.

– Le tambour, murmura Marco, ému.

– Natawas est avec nous, reprit Nacim à voix basse.

Marco effleura la pierre pâle fixée à son poignet. Sophia la portait au cou et Nacim à la cheville. Tous trois se sentiraient moins seuls, maintenant. Ils pourraient attendre sereinement un signe d'Esprit Cheval.

Après leur long voyage, ils s'étaient retrouvés, la bouche sèche et le corps pantelant, dans cette cabane mal chauffée par un vieux poêle à bois. Une table faite de planches disjointes, des chaises dépareillées, un évier écaillé et un miroir accroché à un clou constituaient, avec un réchaud à gaz, l'essentiel du mobilier. Une odeur âcre de bête se mêlait à celle d'herbe sèche des paillasses à même le sol. Aucun d'eux n'était encore sorti. La nuit était tombée trop vite, mieux valait attendre le lendemain matin.

– Où sommes-nous ? se demanda Marco en examinant les recoins de la cabane. Elle a l'air abandonnée.

– Les fenêtres sont trop hautes pour une maison, remarqua Nacim.

– C'est peut-être un refuge pour les voyageurs égarés ? suggéra Marco en se mettant sur la pointe des pieds pour tenter de voir quelque chose. L'étoile Polaire et la cime d'un arbre ! annonça-t-il.

– Quel genre d'arbre ? demanda Sophia, sa voix trahissant une certaine tension.

– Pourquoi ? l'interrogea Nacim.

– Chaque arbre a une âme, poursuivit-elle.

– Et alors ? s'enquit Marco en la dévisageant avec étonnement.

– Et lui, vous croyez qu'il a une âme ? reprit Nacim, amusé, en montrant un mulot gris qui les observait d'un œil rond. Visiblement, nous sommes installés sur son territoire. Ami ou ennemi ?

Le mulot rejoignit son trou à toute vitesse, mais tous trois crurent entendre distinctement dans son couinement : « Ami ».

Ils se regardèrent, stupéfaits. Puis le silence entre eux redevint pesant. Les trois jeunes chamans étaient inquiets. Ils ne savaient rien de ce pays du Nord. À quoi reconnaîtraient-ils les cavaliers de l'Ombre ? Natawas lui-même l'ignorait. Il les avait juste prévenus qu'ils se mêlaient à la population pour éviter de se faire repérer. Quand ils se regroupaient, c'était pour attaquer.

Soudain, quelqu'un secoua la poignée de la porte fermée à clé. Comme elle lui résistait, il donna un coup de pied.

Marco, Sophia et Nacim retenaient leur souffle. Que se passerait-il si on les trouvait là ?

Ils entendirent une respiration bruyante et rauque, et puis un juron suivi d'un crachat. On marchait autour de la cabane.

– Il est à cheval, souffla Nacim.

– Non, il marche comme un cheval…, précisa Sophia.

Ils écoutaient, aux aguets, le corps tendu. Un nouveau coup fit grincer la porte.

– Il frappe avec quelque chose de métallique, reprit Marco. Un marteau ou une hache.

La serrure tint bon. Tous trois cherchaient à déceler un indice dans cette étrange démarche. Et puis, plus rien. Juste le hululement calme d'un rapace nocturne chassant.

Cette nuit-là, leur sommeil fut agité, peuplé de cavaliers hurlant, de chevaux hennissant, de visages effrayants. Mais Esprit Cheval ne leur parla pas.

Au petit matin, Nacim sortit sur le seuil de la porte alors que Sophia et Marco dormaient encore. Le ciel était d'un bleu pur, éblouissant. L'arbre aperçu pendant la nuit, immense, magnifique, d'un vert intense, se dressait jusqu'au ciel, contrastant avec les teintes fauves des jours d'automne. C'était un frêne. L'air était vif, l'endroit désert. Nacim aperçut une route étroite qui serpentait au loin, vers les montagnes coiffées de glaciers. Rien d'autre, apparemment. Mais il eut une étrange sensation : cette plaine où l'herbe rase affleurait au milieu des pierres brunes était habitée. Nacim y discernait une présence invisible, des êtres minuscules, des *gens cachés*.

« Où est la frontière entre le visible et l'invisible sur cette terre du Nord ? » se demanda-t-il troublé.

Et il pensa qu'il n'y en avait pas, peut-être à cause du paysage où se dressaient des formes mystérieuses sculptées par la lave.

Il n'entendit pas Sophia qui s'approchait de lui.

– C'est l'arbre ! affirma-t-elle.

Il sursauta.

Elle était pâle, les yeux cernés. D'une main, elle frictionna ses cheveux courts en bataille. Des brins de foin virevoltèrent.

– Oui, répondit-il sans comprendre ce qu'elle voulait dire. C'est un frêne.

Nacim l'observa ; elle semblait fragile mais il sut qu'en réalité elle ne l'était pas du tout.

– C'est lui, c'est le signe d'Esprit Cheval, poursuivit-elle gravement.

– Un arbre cheval ? plaisanta-t-il, parce qu'il ne voyait vraiment pas où elle voulait en venir.

Sophia haussa les épaules, déconcertée. Pourquoi Nacim ne la prenait-il pas au sérieux ?

– Il relie le Ciel à la Terre. Le Monde d'en haut et le Monde d'en bas. Ses racines plongent dans le Monde des morts, murmura-t-elle pourtant. Au milieu le tronc, la Terre des hommes, et ses branches jusqu'au Ciel, le Monde des dieux.

– Comment le sais-tu ? reprit Nacim. Natawas te l'a enseigné ?

– Il m'a raconté qu'à la cime des arbres sacrés les dieux attachent leurs chevaux, lui confia-t-elle.

Il lui sourit.

– C'est pour ça que tu y vois le signe d'Esprit Cheval ? Il doit y avoir une source pas loin pour qu'il soit si vert…

Sophia ne le laissa pas terminer sa phrase :

– Un serpent ronge ses racines, continua-t-elle, le regard dans le vague.

– Qu'est-ce qui te fait dire ça ?

Il la sentait ailleurs, comme lorsqu'elle avait une vision.

– L'aigle est l'ennemi du serpent, enchaîna-t-elle.

Marco apparut sur le seuil de la cabane.

– Le type d'hier soir connaissait cet endroit, lança-t-il. Il voulait y dormir, tout simplement. C'était peut-être un éleveur de bétail ou un chasseur de renards. Mais avec quoi frappait-il ?

Nacim lui en voulut d'avoir interrompu Sophia. Ce qu'elle voyait pourrait peut-être les aider dans leur mission.

Sophia se mit brusquement à trembler.

– Je rentre, dit-elle, j'ai froid.

« Un serpent ronge ses racines pour le détruire », se répétait Nacim. Qu'est-ce que cela pouvait vouloir dire ? Mais qui régénérait cet arbre, quelles forces ? Tout cela était si confus !

Marco, lui, chercha des traces sur la porte. Il passa sa main à la surface du bois et trouva une série d'encoches gravées de bas en haut, à intervalles réguliers.

– Regarde, s'exclama-t-il, ce sont des marques d'un fer à cheval étroit. Et là, il y a un morceau de cuir gris…

Mais Nacim ne l'écoutait pas ; il réfléchissait. Natawas les avait avertis : « Soyez réceptifs à toutes vos visions, qu'elles surviennent le jour ou la nuit. Elles seront énigmatiques et vous n'en percevrez pas toujours le sens. Déchiffrez-les. »

Marco décida de faire le tour de la cabane.

Elle était adossée à un monticule de terre qui la protégeait du vent glacial du nord. Elle était bâtie en pierre jusqu'à une certaine hauteur, puis en bois peint en rouge avec une ouverture à l'est. Le toit de tourbe, recouvert d'herbe, donnait l'impression qu'elle était parfaitement intégrée dans le paysage.

Mais qui avait planté cet arbre impressionnant ? Marco ressentit une force étrange, comme si l'endroit était occupé par des puissances magiques. Il avait froid et se frottait les bras pour se réchauffer en essayant de comprendre.

L'arbre était un point de repère évident, un phare au milieu de nulle part pour ceux qui l'apercevaient de loin, constata-t-il, préoccupé. Quelqu'un avait forcément habité ici, autrefois… Un guérisseur ? Un chaman ?

Soudain, il remarqua sur l'herbe rare l'empreinte d'un unique pied de cheval. « La même trace que sur la porte », pensa-t-il.

Au même instant, deux corbeaux se posèrent sur le rebord du toit, puis se précipitèrent sur le sol en poussant des cris effrayants pour déchirer à grands coups de bec une boule grise et s'enfuirent à tire-d'aile, emportant les restes épars dans leurs pattes.

– C'était ? demanda Nacim en accourant. Une bestiole ?

– J'aurais juré que c'était un gant !

– Un gant ? bredouilla Nacim, perplexe. Qu'est-ce qu'il faisait là ?

– Je ne sais pas, dit Marco en levant les sourcils. Mais je suis presque certain que cet endroit est un lieu sacré. Tiens, regarde cette pierre gravée…

Mais Nacim lui tournait le dos et regagnait déjà la cabane. Marco eut un étrange pressentiment. Il se pencha pour la ramasser, et, en grattant un peu la terre, il écarquilla les yeux.

– Nacim, Sophia ! cria-t-il. Venez m'aider, j'ai trouvé...

Il n'eut pas le temps d'achever sa phrase. Aussitôt, des milliers de mouches bleues surgirent et s'abattirent sur lui, cherchant à entrer dans sa bouche, ses narines, ses oreilles, ses yeux. Marco, horrifié, se débattit avec hargne, crachant en toussant, asphyxié. Il se jeta par terre, le visage contre le sol, et se protégea avec ses bras comme il le pouvait. Le vrombissement effrayant des mouches résonnait dans sa tête, leur odeur de cadavre l'imprégnait.

– Des tokauals, murmura-t-il. Natawas, envoie tes animaux protecteurs.

Puis il perdit connaissance, sans voir l'ombre d'un aigle planer au-dessus de la cabane.

Les mouches disparurent aussitôt.

– Marco ! cria Nacim en se précipitant à l'aide de son ami qui continuait à se débattre sur le sol.

– Marco ! Qu'est-ce qui s'est passé ?

Les yeux révulsés, Marco, pris de convulsions, ne l'entendait pas et Nacim eut peur. Il vit l'aigle qui tournoyait au-dessus d'eux. Il y avait une bête morte quelque part, pensa-t-il. Puis il essaya de traîner Marco jusqu'à la cabane.

– Sophia ! Mais qu'est-ce qu'elle fout ? grogna-t-il. Viens m'aider !

Nacim, à bout de forces, transpirait ; le corps inanimé de Marco lui arrachait les bras.

– Sophia ! cria-t-il, furieux.

Mais quand il entra dans la cabane, elle avait disparu.

– Où est-elle passée ? pesta Nacim.

Il allongea Marco sur une paillasse et le frictionna.

– Marco ! Réveille-toi !

Il desserra ses doigts et y découvrit avec horreur une poignée de mouches bleues bourdonnantes.

– Fichez le camp, les mouches ! hurla-t-il. Les charognes ! Elles ne perdent pas de temps. Sophia !

Nacim détacha le bracelet de cuir de Marco contenant la pierre pâle de Natawas et dénoua fébrilement les lanières de l'étui.

– Elle est grise, murmura-t-il avec angoisse.

Et il la lança loin de lui, croyant les protéger de la contamination maléfique des tokauals.

12

L' Ombre était terré dans son bureau, au cœur du Monde Double d'où il contrôlait l'action de ses cavaliers. Ceux-ci seraient bientôt prêts pour le grand rassemblement.

– Cette terre du Nord cache des forces que vous ne soupçonnez pas, jubilait-il, et ces forces ne devraient plus tarder à se manifester. La porte de l'Enfer s'ouvrira ! Une montagne de feu fera trembler le sol !

Il tournait sur lui-même dans une sorte de danse folle, incontrôlée.

– Plus que quelques jours à attendre, éructa-t-il.

L'Ombre s'arrêta net, mais il crut voir dans les miroirs sa silhouette qui tourbillonnait encore. Sa mâchoire se contracta. Il fallait en finir ! Tous maintenant avaient rejoint leur poste. Certains venaient de loin, appâtés par la mort et le sang. Son éclaireur l'avait averti.

– Je vous tiens ! articula l'Ombre.

Et il écrasa quelque chose à l'intérieur de son poing. Quand il le desserra, une statuette de cheval en os tomba sur le sol. Il regarda sa main, hébété ; une goutte de sang en coulait, qu'il lécha aussitôt.

Il envoya valser le petit cheval d'un coup de pied rageur ; l'animal glissa sur les dalles, ricochant d'un mur à l'autre.

– Saleté, murmura l'Ombre. Il m'a mordu.

Il entoura sa main d'un fin mouchoir de soie grise, puis chercha sur le sol où était la statuette. Quand elle fut à sa merci, du bout ferré de sa canne, il vrilla le flanc du cheval. Un nom y était gravé.

Les yeux fous et les lèvres tremblantes, il commença son rituel d'envoûtement pour accroître ses pouvoirs de destruction :

– On crachera sur eux ! On les piétinera du pied gauche ! On les frappera avec la pointe ! récita-t-il. On crachera sur eux ! On les piétinera du pied gauche ! On les frappera avec la pointe !

Et la pointe de sa canne déchirait le flanc du cheval...

– Vois comme je te repousse ! Je détruis ton nom, j'annihile ton corps, je t'écarte du Ciel et de la Terre !

***

Depuis qu'elle avait quitté précipitamment la cabane, Sophia courait sur la lande, faisant rouler les pierres sous ses pieds. Elle avait aperçu l'aigle et deviné, à son vol et à son cri, qu'elle devait le suivre.

« L'aigle aux serres d'acier, s'était-elle souvenue, est l'animal protecteur de Natawas. Il plane pour me montrer où je dois aller. Derrière cette colline. »

Elle avait appelé les garçons pour les prévenir, mais ils ne l'avaient pas entendue. Tant pis ! s'était-elle dit. Elle serait bientôt de retour.

Mais la colline était plus loin que prévu, elle avait mal évalué les distances.

Elle se retourna et aperçut, au loin, le frêne vert dressé dans le ciel. Elle se rassura : au moins je le retrouverai, je ne me perdrai pas.

Le soleil se reflétait sur les blocs de pierre, teintant de rouge le paysage chaotique. La lande prit soudain un aspect inquiétant et magnifique. Depuis combien de temps était-elle partie ? La gorge brûlante, Sophia accéléra sa course, sans quitter des yeux l'aigle qui l'attendait. Le sang lui battait aux tempes. Elle avait l'étrange impression d'entendre des voix. « Regarde, lui disaient-elles. Il n'y a rien, rien ! » Comme si des forces contraires voulaient l'empêcher d'avancer…

Il fallait qu'elle lutte pour continuer.

« Il n'y a rien, rien ! Tu n'es pas d'ici ! » répétaient les voix.

« Je n'aurais pas dû partir seule, pensa-t-elle. Marco et Nacim ne sauront pas dans quelle direction me chercher. »

Elle ralentit pour souffler. Elle avait envie de s'asseoir là, n'importe où. Le soleil l'aveuglait. Elle allait s'arrêter, obéissant à ces voix obsédantes, quand le cri de l'aigle retentit pour lui donner la force d'aller plus loin.

– Je viens, répondit-elle, épuisée.

Et elle reprit sa course. Le vent du nord se leva sur la lande, rendant le silence oppressant.

– Je viens, je viens, répétait-elle mécaniquement pour se donner du courage.

Sophia effleura la pierre pâle qui martelait son cou pour entrer en contact avec le vieux chaman. Sa main tremblait.

– Natawas, implora-t-elle doucement. Natawas !

Et elle crut entendre vibrer son tambour.

***

Nacim avait trouvé une source au pied du frêne. Il souleva la tête de Marco pour le faire boire.

– Ouvre les yeux ! répétait-il en le secouant.

– Les tokauals ! murmura Marco qui discernait à peine le visage de Nacim dans la pénombre de la cabane. La pierre... Ramasse la pierre...

– Bon sang, tu te réveilles enfin ! s'écria Nacim, soulagé. Reste tranquille, tu as fait un malaise !

– La pierre..., insistait Marco, mais aucun mot, en réalité, ne sortait de sa gorge.

– Ne t'inquiète pas, je te la remettrai, dit Nacim, croyant qu'il parlait du talisman de Natawas.

Il chercha le bracelet qu'il avait jeté, persuadé que les ondes maléfiques concentrées dans le talisman avaient contaminé Marco. « Si seulement

Sophia était là ! J'espère qu'il ne lui est rien arrivé. »

Marco voulut se lever, mais il retomba violemment.

– Il va réussir à se casser une jambe, bougonna Nacim. Reste tranquille !

Marco le regarda droit dans les yeux et Nacim comprit qu'il ne pouvait plus parler. Les tokauals lui avaient pris sa voix.

– Tu as découvert quelque chose ?

Marco acquiesça de la tête.

– Écoute ! reprit Nacim.

Tous deux reconnurent le bruit sourd de chevaux au galop. Mais ceux-ci galopaient vite. Trop vite. Nacim se précipita vers la porte pour la verrouiller.

– Ils sont nombreux, chuchota-t-il, le cœur battant.

Les cavaliers se rapprochèrent en vociférant, excités par leur course sauvage.

– Ils arrivent.

Marco ferma les yeux. Les cavaliers arrêtèrent leurs montures brusquement. Marco et Nacim entendirent les chevaux, hors d'haleine, s'ébrouer.

« Qu'est-ce qu'ils foutent ? se demanda Nacim. Ils ricanent comme des ivrognes et en plus ils pissent sur la cabane ! »

Il sentit soudain une forte odeur d'essence…

En un instant, la cabane s'embrasa.

« On va griller comme du maïs ! » pensa Nacim, horrifié.

Il ne voyait pas comment sortir de là, les flammes étaient trop hautes. Soudain, il aperçut le mulot gris qui filait, effrayé, pour se réfugier sous une longue dalle.

– Une tombe ! s'écria Nacim, incrédule. Comment ne l'avons-nous pas remarquée plus tôt ?

Il se souvint de ce que Sophia lui avait dit à propos du frêne : « Il relie le Ciel à la Terre. Le Monde d'en haut et le Monde d'en bas. Ses racines plongent dans le Monde des morts. Au milieu le tronc, la Terre des hommes, et ses branches jusqu'au Ciel, le Monde des dieux. »

La tombe était reliée au Monde des morts !

– Aide-moi, Marco ! Bon sang ! bouge-toi !

La chaleur était insupportable. Nacim grattait le sol désespérément pour dégager un interstice. S'il y arrivait, il pourrait soulever la dalle en faisant levier et peut-être la faire vaciller ? Le mulot ressortit brusquement.

– Là, cria Nacim, une fente !

Il introduisit aussitôt un morceau de bois et la dalle bougea. C'était leur dernière chance.

13

Sophia chercha le frêne au loin et ne le retrouva pas. Elle comprit qu'elle s'était perdue. À l'horizon, le soleil déclinait vite maintenant, allongeant démesurément les silhouettes des blocs de lave. Un léger brouillard montait du sol. Elle ne pourrait jamais rentrer à la cabane avant la nuit.

Elle chercha l'aigle dans le ciel, mais il avait disparu. Qui préviendrait Nacim et Marco s'il lui arrivait quelque chose ?

Les mains moites, Sophia scruta le paysage à la recherche d'un endroit où dormir. Il devait bien y avoir une ferme, quelque part... Soudain, elle eut l'impression qu'on chuchotait encore autour d'elle.

– Que dites-vous ? cria-t-elle.

Mais les voix se turent aussitôt.

« Je deviens folle », pensa-t-elle en se frayant un chemin parmi les cailloux de lave noirs vomis par les volcans. Et soudain, elle aperçut, en contrebas, un lac rouge où les derniers rayons du soleil se baignaient avant d'entrer dans la nuit.

« Quel endroit insolite », se dit-elle, le souffle coupé.

Elle entendit le cri de l'aigle. C'est ici qu'il l'attendait !

Sophia courut jusqu'à la berge du lac et se figea, glacée d'effroi.

Des cadavres de chevaux étaient alignés en ordre sur le sol, l'œil blanc, le ventre gonflé, un mince filet de sang s'écoulant de leurs naseaux. Les membres raides, comme s'ils avaient été pétrifiés dans leur fuite, ils s'étaient écroulés, foudroyés.

Sophia s'assit par terre, secouée de tremblements, et sanglota. Pourquoi ? Pourquoi un tel carnage ? Elle se leva et osa caresser leurs corps encore tièdes. Le vent soulevait les crinières et dans le crépuscule, on aurait pu les croire vivants. Mais elle recula, stupéfaite : un bubon de pus noir s'était formé sous leur encolure, au niveau du poitrail.

– Qui vous a tués ? murmura Sophia.

Mais seul le cri de l'aigle qui tournoyait, affolé, lui répondit.

– Le serpent ronge les racines de l'arbre pour le détruire, articula-t-elle sans savoir ce que cela signifiait.

Le soleil disparut derrière les montagnes. Sophia se sentit très lasse ; elle grelottait. Il fallait qu'elle marche, qu'elle retourne à la cabane. Si elle s'endormait ici, elle risquait de mourir de froid.

La lune, déjà haute dans le ciel, éclairait les chevaux comme des gisants de marbre. Sophia essaya de se souvenir. Où avait-elle déjà vu des cadavres alignés comme ceci ? Et quand ?

Elle fut interrompue dans ses réflexions par des chants guerriers.

« Des chasseurs », pensa-t-elle sans se demander quel gibier ils rabattaient ou forçaient.

Apercevant au loin les lueurs de leurs torches, elle voulut aller à leur rencontre, mais ils galopaient vite, trop vite. Leurs chants sauvages résonnaient dans le silence obscur de la nuit. « Une chasse à mort ! » songea-t-elle tout à coup et elle se jeta sur la terre humide au milieu des cadavres. L'odeur forte des chevaux l'imprégnait tout entière.

Les cavaliers passèrent devant elle au plein galop. Mais l'un deux cria un ordre et ils firent demi-tour pour s'arrêter à quelques mètres d'elle. Sans doute avaient-ils perçu son odeur rabattue par le vent, tels des chiens traquant un gibier.

L'un des cavaliers s'avança, leva haut sa torche. Sophia, terrorisée, se dissimula derrière un cadavre. Elle attendit, immobile. Le cavalier s'approcha plus près. Sa respiration irrégulière sifflait dans sa poitrine. Il toussa.

« Natawas ! Natawas ! » supplia-t-elle.

Elle ne vit pas surgir de la brume l'aigle silencieux.

Le cavalier hurla de douleur, le visage en sang. Il voulut se rattraper aux rênes, mais son cheval le désarçonna et il s'écrasa lourdement sur le sol. Sa monture s'enfuit à bride abattue. Les cavaliers épaulèrent leur fusil pour l'abattre, mais trop tard. L'homme à terre se débattit un instant en se tenant la gorge, pris de convulsions. Il râla et puis plus rien. Les charognards feraient le reste.

« Natawas ! » chuchota Sophia, et elle s'évanouit.

***

Depuis l'aube, Natawas poursuivait sans relâche ses incantations. Le crépuscule basculait maintenant dans le ciel assombri.

– Lune de vent, aidez-nous dans notre voyage ! Ne nous laissez pas dans l'obscurité ! Esprits, regardez, je vole au-dessus des nuages, laissez-moi planer comme l'aigle des montagnes !

Ses douze petits chevaux à la pupille claire s'étaient rassemblés autour de lui.

– Je vois les torches enflammées des cavaliers de l'Ombre !

Le vieux chaman dessina dans la poussière un long serpent surmonté d'un couteau et le frappa en le piétinant. Et les sabots de ses chevaux, à sa suite, le martelèrent à leur tour.

– Je connais ton nom, serpent qui rampes sur ton ventre de feu ! Je me dresse contre toi et j'abats sur tes pouvoirs mon arme tranchante ! Je repousse ton attaque ! Arrière !

Natawas plongea son bâton de chaman dans le corps du serpent.

– L'aigle est l'ennemi du serpent. Je plane au-dessus du mal ! Esprit protecteur, dis-moi ce que tu vois ! criait-il en imitant le vol du rapace.

Les clochettes de son long manteau résonnaient à chacune de ses imprécations magiques.

– Le tombeau est ouvert ! Ancêtres, combattants d'autrefois, ces trois-là sont clairvoyants, ils sont de notre clan ! Ouvrez votre demeure avant qu'une gueule monstrueuse ne les dévore.

Natawas poussait des cris déchirants, comme s'il ressentait dans sa chair les brûlures d'un feu.

– Esprit Cheval ! Donne-moi pouvoir sur l'Ombre. Je vais le saisir, répandre en lui la terreur. Je consumerai son corps.

Et il jeta aux flammes des amulettes, offrandes magiques faites d'os, de plumes, de poils et de graisses animales aux esprits. Elles crépitèrent un instant. Leur fumée monta dans la nuit, et, brusquement, le feu s'éteignit.

Ses petits chevaux à la pupille claire qui l'accompagnaient dans son rituel se cabrèrent aussitôt en hennissant puissamment.

Leurs sabots étincelaient sous la lumière de la lune.

**

Recroquevillé près de Marco, Nacim attendait dans le ventre de la tombe, les doigts en sang, les bras raidis par la douleur. Au-dessus d'eux, les poutres de la cabane craquaient et s'affaissaient sur le sol. Des brandons les éclairaient de temps à autre, par l'ouverture de la dalle. Ils étaient sains et saufs mais pour combien de temps ?

Nacim reprit son souffle lentement. Il n'osait pas bouger. Les incendiaires savaient-ils qu'ils étaient cachés là ? Qui leur avait donné l'ordre de mettre le feu à la cabane ? Le type qui marchait comme un cheval les avait-il d'abord repérés ? Il fallait qu'il comprenne, tout était arrivé si vite ! Sa seule certitude était que les cavaliers de l'Ombre étaient sur leurs traces, et qu'ils ne les lâcheraient plus.

Une fumée âcre flottait dans les ruines calcinées de la cabane. Nacim toussa violemment puis écouta, inquiet, si aucun cavalier n'était resté à proximité. Il n'entendit rien, que le grondement des flammes excitées par le vent.

Il avait cru un instant entendre la respiration paisible des petits chevaux de Natawas... « Étoile du Matin, Nuage Clair, Aurore, Azur, Aube Irisée, Perle de Rosée, Nuage Gris, Étoile du Soir, Petit Soleil, Pluie de Lune, Ciel de Lait, Matin Calme », récita-t-il mécaniquement.

Et Sophia ? songea-t-il encore. Qu'était-elle devenue ?

Nacim aperçut le mulot gris qui trottinait à ses pieds, désorienté.

– Tu nous as sauvés, lui dit-il doucement en tendant la main.

L'animal, méfiant, flaira ses doigts et préféra l'immobilité de Marco à demi conscient pour se cacher. Sans savoir pourquoi, Nacim en fut contrarié.

– Ami ! dit-il. Ami !

Le mulot gris ressortit de sa cachette, l'observa et couina, exactement comme la veille, avant de rejoindre Marco. « Quelqu'un l'a sûrement dressé, songea-t-il, mal à l'aise. Il nous attendait pour nous venir en aide. » Il se souvenait de l'invocation de Natawas : *« Petit peuple des mulots gris, vous serez là, j'ai besoin de vous aussi. »*

Marco était toujours inconscient et Nacim se sentit seul tout à coup, et découragé. Qu'allait-il se passer, maintenant ? Qui viendrait les chercher dans cet endroit désert ? Le contact de la tombe, lisse et chaud, l'écœurait. « Quand pourrons-nous sortir de ce trou ? » se demanda-t-il en frottant ses doigts sales où le sang avait caillé.

La lueur des derniers brandons éclairait la nuit. Peu à peu, la chaleur devint moins suffocante. « Il est trop tard, Sophia ne reviendra pas », conclut-il, déçu. Il regarda Marco à demi conscient et quelque chose lui noua le ventre. Il fallait qu'ils sortent de là !

Nacim saisit, par l'ouverture de la tombe, un morceau de planche à demi consumée. Il souffla sur la braise et la planche se transforma en une maigre torche vacillante.

Il découvrit alors, stupéfait des murs de marbre blanc gravés d'inscriptions étranges. Et un escalier très étroit qui conduisait sans doute à une autre salle.

Il descendit lentement, marche après marche, le petit escalier qui en comptait sept. Arrivé en bas, il se figea : un immense cheval se dressait devant lui. Nacim, stupéfait, lâcha sa torche, qui s'écrasa sur le sol et s'éteignit aussitôt.

***

Jackqueville.
Des chevaux galopaient dans la neige, soulevant des petits pompons blancs qui s'accrochaient à leur crinière...
Paul se réveilla brusquement. Où était-il ? Il se souvint qu'il avait payé la vieille pour dormir une nuit chez Luis. Il avait fait des cauchemars et le bruit des sirènes de pompiers avait gâché son sommeil. Il écarta les mouches qui flottaient dans la bassine et se passa un peu d'eau claire sur la figure.
Les persiennes filtraient les premiers rayons du soleil. Paul serait sans doute en retard au *Cric Crac* mais il s'en fichait. Un jour, il partirait lui aussi, comme Luis.
Il se regarda dans la glace au-dessus du lavabo et sourit. Comment Luis gagnait-il son argent ?
Paul retira délicatement la fléchette en plastique rouge qui déchirait la photo. Il décolla soigneusement les bouts de collants sur le mur blanc et regarda encore une fois les chevaux. Ils étaient beaux ; petits, mais beaux avec leur longue crinière. Il roula la photo bien serrée, et la glissa sous sa chemise en faisant

attention de ne pas l'abîmer. Il hésita pour la fléchette. Mais qu'est-ce qu'il en ferait ? Il la lança à côté de l'autre sur le planisphère accroché à la porte.

La fléchette rebondit sur le bois et retomba sur le sol.

– Raté, constata Paul.

Quand la vieille vint quelques instants plus tard, Paul était parti.

– L'enfant de salaud ! s'écria-t-elle en crachant par terre. Il a pris les chevaux.

14

Sophia sentit contre sa joue le souffle chaud d'un museau. Elle était trop épuisée pour ouvrir les yeux, mais elle reconnut le grattement d'un sabot et sentit le contact, juste au-dessus de sa tête, du poitrail touffu d'un cheval. Il lui avait sauvé la vie en lui tenant chaud.

– Tu es revenu ?… lui demanda Sophia, croyant qu'il appartenait au cavalier que l'aigle avait tué.

Le cheval eut ce petit hennissement bref si particulier au langage des chevaux qu'elle connaissait depuis longtemps.

– Pour moi ?

Le soleil pâle perçait à peine le brouillard au-dessus du lac, faisant apparaître çà et là une trouée dans le paysage encore sombre, un fragment de montagne.

Sophia se releva trop vite. Surpris, le cheval se dégagea précipitamment et s'échappa parmi les cadavres. Ils étaient enveloppés de frimas comme d'un grand linceul blanc. Cette fine pellicule rendait leur mort plus irréelle. Elle n'avait plus ce visage terrifiant des animaux terrassés par le mal, seulement celui de la beauté inquiétante des statues de marbre.

Le corps de l'homme gisait un peu plus loin, le visage baignant dans l'eau glacée du lac. Aucun prédateur n'avait osé s'en approcher.

Sophia chercha l'aigle à travers le brouillard, mais le ciel demeura vide et silencieux. L'esprit de Natawas lui avait montré ce qu'elle devait savoir. L'extermination avait commencé. L'Ombre avait lancé son sinistre projet et ne s'arrêterait plus.

– Eh, toi ! dit-elle au cheval qui lui avait sauvé la vie. Où est passée ta selle ? La sangle a cassé ? Tu es tombé ? Viens !

Elle s'accroupit et tendit sa main, mais le cheval gardait ses distances.

Sophia grelottait et tenta de brosser ses vêtements trempés de boue, sans succès. Tout cela n'avait pas d'importance. D'un claquement de langue, elle rappela doucement le cheval qui finit par s'approcher, les oreilles aux aguets.

– Il faut que je retrouve Nacim et Marco à la cabane, près du grand frêne vert.

Quand elle put toucher son garrot, elle le gratta comme le font deux chevaux amis et il se laissa faire. Elle remarqua, entre les crins de son toupet, une lune et un soleil minuscules tatoués sur son front.

Il tourna sa tête vers elle et son œil, soudain clairvoyant, la surprit : il savait comment les chevaux avaient été tués !

– Du venin de serpent ! s'exclama-t-elle.

Le cheval secoua sa crinière et l'éclat fugitif qu'elle avait entrevu dans sa pupille disparut.

Sophia monta à cru sur son dos. Il ne broncha pas, se laissa faire et prit aussitôt l'amble, une allure que bien des races de chevaux croisés par les hommes avaient perdue depuis longtemps.

Sophia trottait à vive allure. Elle avait enfin réussi à retrouver le chemin de la cabane et le cheval ne faiblissait pas. Marco et Nacim devaient s'inquiéter de ne pas l'avoir vue rentrer !

Soudain, elle entendit une voix, portée par le vent de la lande.

– Vous irez ? Vous irez, vous aussi ? Est-ce que vous irez ?

Un cavalier déboulait de nulle part sur la route de pierre. Il était aussi grand que sa monture était petite. Il portait un bonnet de laine enfoncé jusqu'aux sourcils, qui faisait ressortir ses yeux bleus, et une barbe de plusieurs jours recouvrait son visage rougeaud. Il sentait l'alcool et le hareng et tirait par bouffées sur une vieille pipe mal allumée.

– Est-ce que vous irez, vous aussi ? Plus que cinq jours avant le grand rassemblement des éleveurs de chevaux à Jarkenfell.

Il avala une gorgée d'alcool au goulot d'une flasque.

– De toute façon, reprit-il, l'hiver approche et je m'ennuie d'eux. Ils doivent rentrer à la maison. J'ai de quoi les loger, moi. Je ne suis pas comme certains qui laissent crever leurs chevaux à côté de chez eux, parce qu'ils n'ont plus rien pour acheter du foin. Ça les emmerde qu'un marin ait une ferme sur la terre ferme. Moi, le capitaine Jort, je les emmerde aussi, compris ? Les chevaux, je les aime depuis l'éternité et c'est pas d'aujourd'hui !

Sophia avait écouté sa tirade sans l'interrompre, comprenant qu'il n'attendait aucune réponse de sa part. Quand il fut à sa hauteur, Jort retira son bonnet pour la saluer et ajouta :

– Il est à vous ce cheval ?

Elle acquiesça en soutenant son regard. Jort hésita, la dépassa, se retourna et revint sur ses pas.

Sophia força l'allure.

– Attendez-moi ! hurla-t-il.

Elle s'arrêta, méfiante.

Il désigna son petit cheval à la robe isabelle, si semblable au sien.

– C'est un cheval viking, mais il n'est pas d'ici et il ne vous appartient pas, souffla-t-il en plissant les yeux. Méfiez-vous d'*eux* si vous allez à Jarkenfell, car *ils* seront là, eux aussi.

– Qui ? demanda-t-elle, intriguée. De quoi parlez-vous ?

– « *Sa crinière éclaire le monde*, déclama-t-il avec emphase, *et son poitrail puissant tire le chariot du soleil d'or et de la lune argent. Il connaît le royaume des morts, c'est lui qui guide leur âme et frappe à la porte des dieux de son sabot étincelant.* »

Pourquoi parlait-il par énigmes ? Était-ce un effet de l'alcool ?

Jort mit un doigt sur sa bouche, comme si ses paroles devaient rester secrètes. Puis il avala une nouvelle rasade.

– Chuutt ! fit-il. Je ne dirai rien, ô ma divine. La mer n'est que silence.

Et il repartit au galop dans l'autre sens.

Sophia resta un instant décontenancée. Elle aurait dû lui dire pour les chevaux au bord du lac. Jort saurait peut-être qui prévenir ou à qui ils appartenaient ? Elle effleura son talisman, la pierre pâle de Natawas, et constata qu'elle n'avait rien à craindre.

Elle rattrapa facilement Jort. Il n'en eut pas l'air surpris.

– Il y a des chevaux morts sur la berge du lac, expliqua-t-elle. Et un type, aussi.

Il blêmit.

– Combien ?

Elle n'eut pas le temps de répondre. Jort, soudain dégrisé, poussa son cheval au grand galop à travers les champs de pierres noires, et elle le suivit.

Le brouillard s'était dissipé et le soleil réchauffait les corps abandonnés des chevaux. Jort courait de l'un à l'autre en jurant, se tenant le visage à deux mains. Sophia mit pied à terre et le rejoignit.

– Ils ont été empoisonnés, expliqua-t-elle en lui montrant les bubons de pus noir à la base de l'encolure.

Elle allait préciser : « par du venin de serpent », mais elle se retint.

– Ingolfur, Arnaldulr, Viljamur, les pauvres gars !

Jort égrenait la liste des éleveurs qui, comme lui, avaient lâché leurs chevaux en liberté sur la lande et comptaient bien les retrouver à Jarkenfell.

Il s'essuya les yeux et but une longue rasade d'alcool.

– Saloperie ! *Ils* ont fait ça… Je vais les envoyer faire un tour en enfer dans la gueule d'un volcan.

Et puis il se calma et examina de plus près les bubons.

– C'est bien une aiguille, conclut-il en se redressant. Aussi large que pour coudre les peaux de phoques.

– On dirait qu'ils sont morts au galop, articula Sophia en tremblant.

Jort lui tendit la flasque et elle but. L'alcool lui brûla la bouche.

– Je parie que c'est lui, dit Jort en montrant le cadavre du cavalier qui flottait dans l'eau.

Sophia ne lui révéla pas que l'aigle l'avait tué, elle aurait trahi Natawas. Personne ne devait connaître le lien qui les reliait, Marco, Nacim et elle, avec Esprit Cheval et le Monde des esprits du vieux chaman.

Jort retourna lentement le corps du cavalier et recula, effrayé. Son cadavre n'avait plus de visage.

– Reste où tu es ! cria-t-il à Sophia en repoussant du pied le corps dans l'eau.

Puis il cracha avec mépris en direction du mort.

– La chasse à mort, murmura-t-il. C'est donc ça…

Il sentit sous sa botte de cuir quelque chose dans l'herbe détrempée. Il se pencha et ramassa une fléchette en plastique bleue dont la pointe était cassée en deux.

– Qu'est-ce que c'est ? lui demanda Sophia. Vous avez trouvé quelque chose ?

– Va-t'en d'ici et ne reviens jamais, tu m'entends, jamais ! lui ordonna-t-il en la rejoignant.

Avant de la remettre en selle, il caressa le chanfrein du cheval de Sophia :

– Et toi, protège-la…

Le visage grave, les traits tirés, il ne ressemblait plus au personnage éméché qu'elle avait rencontré sur la route. C'était un autre homme, solide, que quelque chose, devina-t-elle, avait brutalement cassé.

– Si tu as besoin de moi, ajouta Jort, il saura me trouver. Et pour là où tu vas, laisse-le faire, il connaît le chemin.

15

Assis sur son fauteuil de cuir fauve, l'Ombre attendit dans son bureau toute la nuit, les yeux ouverts. Enfant, il avait toujours eu peur de s'endormir, d'entrer dans cette petite mort sans savoir si l'on va en sortir. Mais c'en était fini de ce temps-là. Ses rituels d'envoûtement pour lancer sa malédiction le rendaient chaque jour plus puissant. Il serait prêt pour le grand rassemblement. Les forces des ténèbres travaillaient pour lui. La terre s'ouvrirait et le feu destructeur jaillirait !

Sur son bureau, il déroula fébrilement un plan, le défroissa du plat de la main et examina les signes inscrits sur tous les lieux où des chevaux avaient été repérés et tués. La prochaine fois qu'il frapperait, aucun ne survivrait.

– Faites votre devoir ! s'emporta-t-il. Servez votre maître pour qu'il accomplisse son destin. Sa Grande Œuvre !

L'Ombre fit tourner lentement son globe terrestre qui n'était plus qu'une masse noire inquiétante et dangereuse dont la pesanteur semblait pouvoir tout écraser.

– *Thorn* ! prononça-t-il en traçant le symbole de cette lettre sur la carte.

Aussitôt, les myriades de mouches bleues agglutinées sur le globe s'envolèrent par les fentes 5 et 7 et par la Porte Obscure, laissée entrouverte sur le vide du monde.

L'armée de ses tokauals repartait à l'attaque !

– Réjouissez-vous, vous aurez d'autres victimes, bientôt, leur lança-t-il.

Il compta sur ses doigts. Cinq jours ! Plus que cinq jours à attendre ! Comme il aimait ce chiffre symbolisant toutes les forces cosmiques !

– Le mariage du Ciel et de la Terre, dit-il avec un calme étrange. Le cinquième jour sera celui où tout se dévoilera par le feu et la course noire du soleil. Le sacrifice est proche et les ténèbres s'ouvriront.

Patience.

L'Ombre s'affala dans son fauteuil de cuir fauve. La douleur lancinante d'une de ses jambes le taraudait jusque dans la hanche.

– Un peu de poison de temps en temps rend les rêves plus accessibles, et beaucoup, une mort agréable, reprit-il en scrutant le bout de sa canne.

Il souffla sur la fine poussière d'os qui en recouvrait encore la pointe et songea à la façon dont tous les chevaux étaient morts.

Dans quelques heures, l'aube s'infiltrerait par les fentes de verre. Il devait quitter maintenant le Monde

Double pour retourner dans celui des hommes qu'il dédaignait.

– Pourquoi mon éclaireur ne vient-il pas au rapport ? s'emporta-t-il avant de sortir. Je ne lui ai pas demandé de charger les cadavres des chevaux sur son dos !

Enfin, il vit apparaître sur la paroi du miroir ses cavaliers galopant, torches en main.

– Ils rassemblent le gibier, se réjouit-il, ses petits yeux luisant en roulant dans leurs orbites. Brûlez ! Dévastez ! Pas de trace ! Ne laissez derrière vous que des ruines fumantes. Dressez les uns contre les autres, souillez leurs fermes et leurs maisons. Le grand jour approche. La deuxième phase de l'extermination doit commencer.

Mais l'éclaireur n'apparaissait toujours pas. Seul un épais brouillard se reflétait dans le miroir obscur. Et brusquement, un cri. Le cri terrible d'un rapace résonnant en écho sur les murs lisses de son bureau.

– Tuez-le ! hurla l'Ombre, hystérique.

Il lança sa canne contre le mur avec une telle force que l'éclat d'un miroir fracassé vint se ficher dans le cuir d'une de ses bottines.

L'Ombre se redressa, haineux. Il devait entrer en contact avec son éclaireur. Mais à présent les vibrations étaient mauvaises, lointaines et dispersées.

– Quelqu'un du Monde des esprits contrecarre ma malédiction, ragea-t-il entre ses dents. Abattez-le ! Vous avez cinq jours !

L'Ombre sortit de son bureau en écrasant les débris de glace jonchant les dalles. Il claqua d'un violent coup de pied la Porte Obscure, qui se referma sur le Monde Double avec un bruit sec et métallique.

**

Sophia revint enfin à la cabane. Sa rencontre avec Jort l'avait troublée. Elle eut l'intuition qu'elle ne l'avait pas rencontré par hasard et qu'elle devait se rendre à Jarkenfell avec Marco et Nacim.

Elle mit pied à terre, laissa son petit cheval brouter l'herbe rare autour de la maison et entra. Elle trouva ses deux amis endormis.

– Vous dormez ! s'écria-t-elle, furieuse. Vous dormez alors que des chevaux sont morts et que j'aurais pu être tuée s'il n'y avait pas eu l'aigle !

Elle s'écroula, en larmes, sur une chaise. Nacim et Marco se réveillèrent en sursaut.

– Le feu, dit Nacim en regardant autour de lui. Les cavaliers avaient mis le feu.

– Où ? répliqua-t-elle entre deux hoquets.

– La cabane ! Elle avait complètement brûlé.

– Marco, tu parles ! se réjouit Nacim en riant. Tu as retrouvé la parole. Et nous sommes vivants !

– Vivants ! s'exclama joyeusement Marco.

– Comment pouvez-vous rire ? leur reprocha Sophia en colère.

Elle se leva, stupéfaite.

– Vous avez rêvé. Qu'est-ce qui a brûlé, ici ? articula-t-elle en détachant ses mots. Montrez-moi. Les poutres, les murs sont intacts. Intacts.

Marco chercha la pierre tombale dissimulée sous sa paillasse

– Et alors ? demanda-t-elle. Des planches irrégulières, c'est ça ? Vous devenez fous ! Complètement fous.

Sophia sortit, en sanglots. Marco la rejoignit aussitôt.

« Le monde du Nord est-il hanté ou double pour que nous ne sachions plus où se trouve la réalité de ce que nous vivons ? se demanda Nacim, complètement dépassé. Quelles créatures surnaturelles invisibles ont pu refermer ce tombeau et reconstruire la cabane en une nuit ? Les *gens cachés* dont je soupçonne la présence depuis notre arrivée ? »

– Tu dois nous croire, Sophia, plaida Marco. Nous avons réellement survécu à l'incendie de la cabane. Fais-nous confiance.

Elle se calma un peu et accepta de rentrer avec lui.

– Marco a été attaqué par les tokauals et les cavaliers de l'Ombre ont aspergé la cabane d'essence et mis le feu ! reprit Nacim, sincère. Ce n'était pas un rêve, je te le jure.

– Je sais de quoi ils sont capables, je les ai vus brandir leurs torches, dit Sophia avec un pauvre sourire.

Nacim la prit dans ses bras. Le visage sale, les yeux gonflés et rougis, les cheveux en bataille, elle avait l'air pitoyable. Une odeur forte de cheval imprégnait ses vêtements couverts de boue.

– Qui vous a sauvés ? demanda-t-elle, encore incrédule.

– Je crois, répondit Marco, hésitant, que c'est... le mulot gris.

– Le mulot gris ? répéta Sophia.

Elle se souvint, alors, de la longue litanie des animaux protecteurs de Natawas et la voix du chaman résonna en elle : « Quand j'entendrai les esprits malfaisants vous assaillir, je convoquerai mes animaux protecteurs pour les combattre. Chat aux yeux perçants, tu seras là ! Aigle aux serres d'acier, renard vif, renne rapide, oiseau des neiges, vous serez là ! Et toi, aussi vieil ours à deux crocs ! Et vous, petit peuple des mulots gris, vous serez là aussi ? »

– L'aigle aux serres d'acier et le mulot ont donc été fidèles au pacte qui les lie à Natawas, déclara Sophia. Ils ont répondu à son appel.

– L'aigle qui t'a sauvée ? réagit Nacim.

Elle ne lui répondit pas. Elle leur parlerait du lac et des chevaux empoisonnés plus tard. Pour l'instant, elle n'en avait pas la force. Son visage était si fermé que Nacim n'insista pas.

– Ce que nous avons vécu, j'en ai la certitude, doit nous aider à comprendre le message d'Esprit Cheval, affirma Marco.

Nacim raconta alors ce qu'il avait vu dans le mausolée :

– Une statue rouge d'un étalon cabré, avec une longue crinière d'or. Et les murs étaient recouverts d'un unique motif représentant ce même étalon, avec huit pattes cette fois, dans un cercle.

– Nous n'avons pas quitté le Monde des esprits pour nous réveiller dans un simple abri de bergers, conclut Marco. Souvenez-vous de notre première vision dans la grotte de Natawas…

« Que voyez-vous ? » avait interrogé le vieux chaman.
Nous lui avions répondu tous ensemble :
« L'Ombre sans visage dans un pays de feu et de glace !
– Que cherche-t-il ?
– La race des petits chevaux qui glissent sur la neige !
– Que voyez-vous encore ?
– L'Étalon mythique est leur père, il galope dans le ciel du Nord ! » avait lancé Sophia
Et moi j'avais repris sans en comprendre le sens :
« Avec ses huit pattes, il ne craint pas le monstre qui ne va pas sur ses deux pieds ! »

– Si l'Étalon mythique est immortel, poursuivit Nacim, pourquoi ce tombeau ? Il ne peut s'agir que d'un ancien lieu de culte où l'Étalon était vénéré comme un dieu par les peuples du Nord. Il devait être gardé par un chaman ou un devin guérisseur. Aujourd'hui, les *gens cachés* en sont les gardiens.

– Les *gens cachés,* mais de qui parles-tu ? réagit Marco.

– Des êtres invisibles vivent sous cette terre, j'ai senti leur présence. Ils sont là et interfèrent avec notre Monde sans que nous les voyions. Ils sont dévoués à l'Étalon.

Il regarda ses deux amis dans les yeux avant de continuer :

– Dans la grotte de Natawas, nous avons appris que nous étions chamans. Dans ce tombeau, j'ai compris que l'Étalon mythique qui doit nous aider à sauver la race des chevaux du Nord se trouve lui aussi sous terre. Mais où, je l'ignore...

– Mais pourquoi les cavaliers de l'Ombre ont-ils incendié la cabane ? Tu crois qu'ils connaissaient l'existence du tombeau ? demanda Marco, stupéfait par les révélations de Nacim.

– Ils ne font qu'obéir à leur maître, affirma Sophia. L'Ombre voulait sans doute défier l'Étalon mythique afin qu'il se montre. L'Étalon a vu les chevaux dont il était le père et l'ancêtre mourir de mort atroce ! Supportera-t-il de nouveaux massacres sans réagir ?

– L'Ombre nous a repérés, ajouta Marco. C'est pour ça qu'il a envoyé ses tokauals.

Un long silence inquiet s'installa parmi eux, comme s'ils prenaient soudain conscience du danger que représentait leur mission.

– Il y aura dans cinq jours un grand rassemblement de chevaux à Jarkenfell, reprit finalement Sophia. Quelqu'un m'a prévenu. C'est là que l'Ombre va frapper, j'en ai le pressentiment. Nous devons agir, et vite, pour trouver l'Étalon.

– Écoutez..., le tambour, murmura Marco. Natawas est avec nous.

Marco, Sophia et Nacim imaginèrent alors qu'ils étaient dans la grotte avec le vieux chaman, ses petits chevaux à la pupille claire en cercle autour d'eux. Et ils surent qu'ils n'étaient pas seuls.

***

Natawas lâcha son tambour. Il caressa un à un ses petits chevaux qui le secondaient vaillamment dans sa lutte contre les forces du mal.

– Protégez-les pendant mon sommeil, leur dit-il doucement. Ils ne doivent pas faiblir. Ce qu'ils ont vu, ce qu'ils ont vécu dans leur chair est maintenant inscrit dans leur esprit. Que la pierre pâle soit une barrière contre les puissances infernales. Que les infâmes s'enfoncent dans la boue des marais !

Le vieux chaman retira ses ailes en plumes d'aigle et son masque à bec d'oiseau. Il avait été cet aigle qui tournoyait dans le ciel au-dessus du lac pour révéler comment les chevaux du Nord avaient été exterminés avec du venin de serpent. Il avait sauvé Sophia en attaquant le cavalier de l'Ombre et délivré Marco du mal que les mouches bleues lui avaient envoyé. Mais cette longue lutte contre les tokauals et les cavaliers l'avait épuisé. L'Ombre était prêt à lancer l'assaut final. L'extermination était proche, très proche. Natawas le ressentait dans tout son être. Il secoua son grand manteau de chaman et frappa son bâton sur le sol. Il devait pratiquer un dernier rituel pour forcer les puissances occultes à exécuter ses ordres et interpeller le Seigneur des morts : qu'il renonce à chasser les vies !

Natawas déterra l'omoplate d'une jument qui l'avait aidé autrefois dans ses voyages vers le Monde des esprits. Il lava l'os avec précaution dans une eau chargée de ses incantations et de l'énergie des plantes divinatoires.

Natawas répéta ses imprécations en essuyant l'omoplate avec des feuilles d'arbre. Quand elle fut bien sèche, il l'entoura d'un tissu propre et entra dans la grotte pour interroger cette part magique de la jument qui lui révélerait l'avenir.

– Yooo ! Que parlent ceux et celles qui savent, hors du temps. Je les entends. Le Soleil s'obscurcit... La Terre sombre dans la Mer... Les Étoiles vacillent... Fureur des fumées, rage des flammes embrasant le Ciel... Surgit le Cheval pourpre de sang !

Le vieux chaman se mit à trembler. Il frappa le sol de son bâton à trois reprises. Il voulait être certain de comprendre les paroles des esprits qui s'exprimaient à travers lui.

– Que parlent ceux et celles qui savent ! insista-t-il.

Mais ils demeurèrent silencieux.

Natawas resta un instant prostré, livide, épouvanté.

Une apocalypse se préparait. Marco, Sophia et Nacim y survivraient-ils ?

16

Paul trouva une cachette derrière le comptoir du *Cric Crac* et y dissimula la photo de Luis. Ainsi, tout au long de sa journée de travail, il se sentirait proche des petits chevaux qui galopaient dans la neige, et il aurait un peu l'impression d'être ailleurs, loin de la Cité du Soleil. Il était persuadé que ces chevaux de papier lui porteraient chance. Il gagnerait bientôt de l'argent, lui aussi ; il aurait une chambre à lui, et, un jour, il partirait d'ici. Il quitterai tout, la cité et le *Cric Crac*. Ne sont-ils pas plus heureux à galoper dans la neige que sur une piste d'hippodrome ? se demandait Paul en regardant les chevaux. Il voyait bien que si.

Il n'avait pas encore mis en route le ventilateur et à peine essuyé les marques de café sur les tables quand il vit la grosse berline noire d'Enzo Ricardo se garer devant le *Cric Crac*. Il se raidit. Qu'est-ce que l'architecte venait faire là ?

Comme il s'appliquait à aligner les chaises autour des tables de la terrasse, il vit descendre par la portière ouverte deux bottines de cuir. L'une d'elles portait une boucle de métal qui reflétait le soleil. Pourquoi pas l'autre ?

Paul retourna au bar. Il passa son chiffon humide sur le comptoir, balaya deux petits cafards en même temps, et observa Enzo Ricardo s'installer. Il ne s'était pas trompé la première fois qu'il l'avait vu : l'architecte claudiquait légèrement. « Pied de cheval », s'amusa-t-il. C'était l'expression de sa sœur lorsqu'ils jouaient à se marcher sur les orteils parce qu'une fois leur père leur avait raconté comment un type avait eu la jambe écrasée par son cheval.

– Paul, va servir le client, lui ordonna son patron d'une voix traînante et pâteuse.

Enzo Ricardo commanda un café avec un verre d'eau fraîche. Il dévisagea Paul avec l'air complice de ceux qui se connaissent déjà, ce qui le mit mal à l'aise.

Enzo Ricardo était habillé exactement comme la dernière fois : veste et chemise grise, panama. Ses gants, gris eux aussi, étaient si fins qu'ils faisaient sur ses mains comme une seconde peau.

Quand Paul revint avec sa commande, l'architecte avait étalé sur sa table une grande carte du monde identique à celle qui était punaisée sur la porte de la chambre de Luis. Et sur laquelle étaient agrafées plusieurs photos de chevaux morts. Les mêmes que celles que Paul avait aperçues dans les journaux, quelques jours plus tôt.

Paul eut un mouvement de recul. Enzo Ricardo attrapa son bras et le serra si fort qu'il faillit lâcher son plateau.

– Y a-t-il quelque chose qui vous dérange ? dit l'homme avec un large sourire.

Paul lui servit son café en tremblant et Enzo Ricardo lui tendit un billet.

– On dirait que vous avez vu le diable…

« Pied de cheval ! » jura Paul en lui-même.

***

Marco, Sophia et Nacim décidèrent de rejoindre Jort pour aller à Jarkenfell. Il connaissait les fermiers de la région et ce serait plus facile, avec lui, de repérer les cavaliers. Sophia avait l'intuition que le capitaine, qui parlait par énigmes, pourrait les aider à trouver l'Étalon mythique.

Ils quittèrent la cabane la veille du grand rassemblement. Suivant les conseils du capitaine, Sophia murmura le nom de Jort à l'oreille du petit cheval qui l'avait sauvée et il les conduisit chez lui.

Jort n'eut pas l'air surpris de leur arrivée. Sa pipe entre les dents, il rassura le cheval en lui flattant l'encolure.

– Ils seront en sécurité, ici.

Il disparut aussitôt au galop.

– Soleil-Lune ! cria Sophia, qui l'avait appelé ainsi à cause de son tatouage.

– Il est libre, affirma Jort. S'il doit revenir, il reviendra.

La ferme du capitaine, plantée de bouleaux, était cachée à l'abri du vent à mi-pente d'une falaise surplombant un cours d'eau. On apercevait, au loin, la silhouette d'un volcan qui surveillait l'horizon depuis des millénaires, et, plus bas, les fumerolles des eaux bouillonnantes.

– Il fait froid, dit Jort en prenant Sophia par les épaules. Rentrons, ça se pourrait bien qu'on ait de la neige, ajouta-t-il, soucieux, et il tira une ou deux bouffées sur sa pipe.

– Vous avez déjà rassemblé vos chevaux ? lui demanda-t-elle.

– J'ai pas envie qu'ils traînent. Des fermiers ont trouvé d'autres cadavres en allant chercher leurs moutons sur la lande. Et même près des fjords. Morts. Avec le même bubon de pus noir. Les éleveurs parlent d'épidémie. Ils s'en prennent à n'importe qui. Hier, à des gamins désœuvrés, aujourd'hui, à des matelots asiatiques qui débarquent au port. Ils soupçonneront bientôt leurs voisins... Et finalement tout le monde, sauf ceux qui tuent leurs chevaux.

Il flottait dans la maison de Jort une odeur de hareng, de café et d'alcool que la fumée du feu de bois dissimulait mal. Les murs étaient recouverts de cartes marines anciennes. Sur des étagères, une longue-vue et un compas de navigation côtoyaient des objets aussi hétéroclites qu'insolites, souvenirs d'anciennes escales sur de lointains rivages. Le poêle ronronnait.

Marco, Nacim et Sophia s'installèrent autour de la table.

– Les chevaux des Vikings ne mourront pas, murmura Jort avant de se laisser tomber dans un fauteuil près du poêle, un verre à la main.

Il laissa tomber sa pipe par terre et se mit à chantonner, son pied par-dessus le bras du fauteuil :

– « *Qui sont ces deux qui ont dix pieds, trois yeux et une queue ?* »

Marco, Sophia et Nacim se sentirent mal à l'aise. Jort était imprévisible à cause de l'alcool et de son caractère fantasque. Il parlait toujours par énigme mais ils auraient besoin de lui, demain, à Jarkenfell.

– Si un étalon possède huit pattes, reprit le capitaine d'une voix pâteuse, c'est pour se déplacer plus vite. Tagada, tagada, tagada. Il se déplace pour connaître le Monde sans limites. Et qu'est-ce qui est sans limites ?

Il se resservit une rasade d'alcool.

– Les chevaux n'ont pas de pattes, mais des jambes. *Chevauché par un dieu, il vole au-dessus de la mer. Qui sont ces deux qui ont dix pieds, trois yeux et une queue ?* Ce sont le dieu et son cheval mythique. Il est cheval et dieu, dieu et cheval.

Marco, Sophia et Nacim essayaient de suivre ses explications embrouillées.

– Ce dieu cheval, ou cheval dieu, sait tout. Et vous connaissez le prix à payer pour son savoir ?

Jort les fixa un à un, avala une nouvelle dose d'alcool et se leva.

– Mon œil ! rit-il un peu trop fort en tirant sa paupière inférieure. Mon œil !

– Qu'est-ce qu'il a, chuchota Marco. Il est borgne ?

– Ce dieu est borgne, pas moi. Il force le passage qui mène au royaume des morts avec son cheval. Est-ce que vous irez ? Est-ce que vous irez les chercher ?

– Qui ? répondit Nacim sans comprendre de quoi il parlait.

Mais Jort se tut soudain, hébété.

– « *Sa crinière*, reprit-il en sautillant d'un pied sur l'autre jusqu'à sa chambre, *éclaire le monde. Et son poitrail puissant tire le chariot du soleil d'or et de la lune argent. Il connaît le royaume des morts, c'est lui qui guide leur âme et frappe à la porte des dieux, de son sabot étincelant.* »

Jort referma brusquement la porte de sa chambre. Quelques minutes plus tard, Marco, Sophia et Nacim l'entendirent ronfler.

– Tu es certaine, Sophia, qu'on peut compter sur lui ? demanda Marco.

– S'il est aussi ivre que ce soir, il ne pourra pas nous aider, constata Nacim.

– Demain, il ne boira pas, affirma Sophia.

Marco sortit alors de sa poche une pierre ronde et lisse sur laquelle était gravé un symbole.

– Où l'as-tu trouvée ? l'interrogea Nacim.

– C'est celle que j'essayais de déterrer près du frêne quand les mouches m'ont attaqué. Je suis allé la chercher avant de quitter la cabane. Et regardez...

Il se leva et se dirigea vers les étagères, où étaient posées plusieurs pierres semblables, et en prit une.

– Les signes gravés dessus sont différents, mais ils ont certainement un pouvoir.

Les pierres lui glissèrent des mains et tombèrent sur le sol.

– Ne jetez pas ces runes divinatoires ! gronda soudain Jort.

Il sortait de sa chambre en se frottant la tête.

– Celle-ci signifie *thorn,* la mort, le malheur. Et l'autre, *lagu*, la mer qui dévaste tout. Vous parlez trop et trop fort. C'est dangereux pour nous tous. Ne provoquez pas les dieux, ils tiennent votre destin entre leurs mains, rugit-il, menaçant.

Jort enfila sa parka et enfonça son bonnet sur sa tête. Il ressemblait à un géant avec ses cheveux hirsutes.

– Je vais voir les juments, dit-il. Je vous dévoilerai le secret des runes.

Sophia et Nacim hésitèrent, puis le rejoignirent.

Marco ramassa les pierres et examina les symboles gravés dessus. Venaient-elles de parler en lui échappant ? Jort, à demi-mot, avait prédit une catastrophe.

« Natawas, vieux père chaman, songea Marco, je ne distingue plus rien, mes visions ne sont pas claires, viens à mon aide. »

– Étoile du Matin, Nuage Clair, Aurore, Azur, Aube Irisée, Perle de Rosée, Nuage Gris, Étoile du Soir,

Petit Soleil, Pluie de Lune, Ciel de Lait, Matin Calme, récita Marco lentement.

Il se sentait perdu, mais les petits chevaux à la pupille claire vinrent à sa rencontre pour l'aider.

– Qu'est-ce qui est sans limites ? reprit Marco calmement. Le cercle de l'éternité, sans commencement ni fin. Le dieu et son étalon ne font qu'un. Huit jambes pour le cheval, deux pour le cavalier : dix. Un œil puisqu'il est borgne, une queue pour sa monture. Ils connaissent le royaume des morts et en reviennent vivants.

Mais pourquoi Jort chantonnait-il : « *Sa crinière éclaire le monde, et son poitrail puissant tire le chariot du soleil d'or et de la lune argent. Il connaît le royaume des morts, c'est lui qui guide leur âme et frappe à la porte des dieux, de son sabot étincelant.* » Il existerait donc un autre cheval capable de descendre dans le royaume des morts et d'en éclairer le chemin obscur ? Marco fut soudain pris de vertige... Et si ce cheval à la crinière d'or était celui qui avait sauvé Sophia de la mort, Soleil-Lune ? *La lune est le miroir du soleil, sans eux tout ne serait que ténèbres...*

– Il neige, s'écrièrent Nacim et Sophia en rentrant brusquement.

Marco sursauta et sa vision s'interrompit. Jort entra à son tour et secoua son bonnet de laine près du poêle.

– Marco, dit-il calmement, il existe vingt-quatre runes. Ce sont des lettres et chacune d'elles possède un pouvoir prophétique, les prêtres et les devins les utilisent pour prédire l'avenir. Tu détiens *thorn* et moi *lagu*. Ces deux runes ont parlé d'elles-mêmes sans que nous les consultions parce qu'elles ont roulé ensemble sur le sol : *thorn,* c'est la mort, le malheur, et l'autre, *lagu,* la mer qui dévaste tout. Nous sommes prévenus, c'est peut-être mieux comme cela. Une catastrophe aura lieu demain, à Jarkenfell, ou ailleurs, une autre fois, mais la prédiction des runes se réalisera.

Il ramassa sa pipe et la ralluma. La nuit serait longue jusqu'à l'aube. Il alla chercher les autres runes dont il se servait depuis longtemps pour déchiffrer l'avenir. Il fallait que Nacim, Marco et Sophia apprennent eux aussi à les reconnaître pour utiliser leurs forces.

– Les dieux savent ce qu'ils font, marmonna Jort dans sa pipe.

17

L'Ombre scruta les grands miroirs de son bureau.

– Jort, ancien capitaine, je te vois ! Ohé matelot, singea-t-il en se mettant au garde-à-vous.

Son cavalier pisteur lui avait envoyé sa fiche et il avait décidé de l'abattre en premier, afin d'être certain qu'il ne tenterait pas de tout gâcher.

– Qu'il lance ses runes divinatoires, ironisa-t-il, je me charge de contredire ses prédictions. Il me suffit de proférer leur nom pour qu'elles m'obéissent. *Is*, rune de la glace ! Que la volonté de Jort soit gelée ! Qu'il ne puisse plus influencer le cours des évènements !

L'Ombre éclata de rire mais changea de ton aussitôt :

– Construisez des autels près des cadavres et offrez aux dieux ce qu'il leur faut de sang pour les nourrir. Le moment est venu, cavaliers ! Je ne tolérerai aucune faiblesse ! Trois autres présences s'opposent à mon dessein et je veux que vous les brisiez ! Vous connaissez les préparations qu'il faut leur injecter. Vous savez comment vous y prendre...

Il leva les bras au ciel et prit une profonde inspiration.

– Dieux maléfiques, dieux guerriers, vous régnerez enfin pour l'éternité ! tonna-t-il. Écoutez-moi, je vous parle le langage que vous connaissez : je suis le tueur de l'ennemi et j'occuperai sa place ! Je suis un charognard ! Maintenant, je vais me laver dans la cendre de sept poulains que j'ai terrassés. Je suis vivant !

L'Ombre se saisit d'une urne de marbre blanc posée sur son bureau et répandit les cendres sur sa tête. Il se frotta la face et le corps en poussant des hennissements effrayants. Il lécha le sol et, en avalant leurs cendres, s'incorpora la force des jeunes chevaux.

Puis il s'empara du crâne de cheval qu'il gardait sur son bureau et dont il ne restait plus que le haut, le posa sur son visage comme un masque et regarda à travers les orbites vides.

– Je suis le dieu cheval ! exulta-t-il. Je n'ai pas peur des morts et je passerai moi aussi du Monde souterrain à celui de la Terre. Je me prépare à ma seconde vie, et tout ce qui se produira sera conforme à ce que j'ai ordonné.

L'Ombre s'approcha du miroir et observa son visage poudré de gris dans la glace. Il se sourit et passa sa langue sur ses dents. Puis il reprit ses rituels d'envoûtement jusqu'à tomber en transe.

Il était prêt.

***

La neige tombait sans discontinuer. Les branches des bouleaux pliaient sous les rafales de vent. Jort n'arrivait pas à dormir. Il s'était levé plusieurs fois au cours de la nuit pour aller vérifier que les portes des écuries étaient bien fermées. Il se sentait oppressé, comme si quelqu'un l'observait, tapi dans l'ombre. Il avait peur. L'image du cadavre sans visage le hantait.

– Saleté de tord-boyaux, dit-il en jetant par la fenêtre sa flasque d'alcool dans la neige.

Il devait rester lucide s'il voulait repérer les cavaliers qui se glisseraient dans la foule demain. Ils devaient être des tireurs d'élite pour abattre des chevaux d'une seule fléchette.

Jort s'assit sur son lit et tira sur sa pipe, mais le goût du tabac froid l'écœura. Il enfila ses bottes aussi silencieusement que possible, mit sa parka et sortit voir une nouvelle fois ses chevaux. Un unique sabot de cheval s'enfonçait dans la neige fraîche. Il passa sa main devant ses yeux et décida de se recoucher en maudissant l'alcool, mais il entendit tout à coup ses chevaux s'agiter et appeler. Il décrocha son fusil, courut dans la neige profonde et, soudain, il s'effondra.

Un instant plus tard, Marco, réveillé par le froid qui s'engouffrait dans la maison, se leva, ferma la porte mais il eut un doute et la rouvrit précipitamment.

– Jort ! Jort !

Il réveilla Nacim et Sophia.

– Vite !

Ils se précipitèrent sous la neige et traînèrent le capitaine difficilement jusqu'à son lit.

Jort était blessé. Une fléchette glissa sur le sol quand ils lui retirèrent sa parka.

– Vous croyez qu'elle est empoisonnée ? On dirait une morsure de serpent, dit Marco en examinant la plaie au milieu de son dos.

Avec sang-froid, il désinfecta un poignard à la flamme d'une bougie, incisa la chair et fit couler le sang. Il versa de l'alcool sur la plaie et y appliqua une compresse. Où avait-il appris ces gestes ? Marco ne s'en souvenait pas, mais il avait l'impression de les avoir toujours sus.

Le capitaine respirait faiblement et il avait de la fièvre. Il s'en sortirait peut-être.

– Jort ! appela Marco. Répondez, que s'est-il passé ?

– Ses chevaux sont énervés, ils sentent un danger, remarqua Nacim.

– Prends son fusil, ordonna Marco. Où est Sophia ?

– Elle est partie calmer les chevaux, justement.

– Bon sang ! jura Marco. Ne la laisse pas seule. Va la chercher.

Nacim courut jusqu'aux écuries. Des nuages noirs cachaient la lune, les silhouettes désarticulées des bouleaux s'agitaient dans le vent, menaçantes.

Alors qu'il fouillait le tiroir de la table de nuit à la recherche de médicaments pour faire tomber la fièvre,

Marco entendit des pas assourdis par la neige et tressaillit.

« Il marche comme un cheval », songea-t-il. Il n'avait pas oublié le type qui avait tenté de défoncer la porte dans la cabane.

Marco éteignit la lumière précipitamment et retint sa respiration. Il pressait la pierre pâle de Natawas sur son poignet pour entrer en contact avec lui. Mais il sentit son talisman se charger d'une présence malfaisante. Tendant l'oreille, Marco crut entendre un chien de berger hurler à la mort dans le lointain. La porte d'entrée grinça légèrement. Quelqu'un soulevait le loquet pour entrer.

***

Natawas avait allumé un grand feu et les chevaux dessinés sur les parois de la grotte s'animèrent. Le temps du combat était venu ; Esprit Cheval l'avait averti en rêve. Le vieux chaman avait terrassé le serpent qui rongeait les racines du frêne, l'Arbre d'Immortalité. C'était avec le venin de ce serpent-là que les cavaliers de l'Ombre exterminaient les petits chevaux vikings. Mais il fallait maintenant empêcher l'Ombre de s'emparer de l'Étalon mythique à huit pattes, le Père, l'Ancêtre, ou la race disparaîtrait.

Un à un les desseins d'Esprit Cheval se dévoilaient. Natawas ignorait pourtant que l'Ombre traquait l'Étalon pour le sacrifier. Qu'il boirait son sang pour devenir immortel.

Le vieux chaman appela Marco, Sophia et Nacim avec son tambour. Ils devaient les mettre en garde. Il avait réussi à sauver Marco de l'attaque de mouches bleues, les tokauals de l'Ombre, et à arracher les deux garçons de l'incendie en convoquant les gens cachés.

En volant dans le ciel comme un aigle, il avait montré à Sophia ce qu'elle devait savoir sur ce serpent maléfique, et attaqué un des cavaliers de l'Ombre. Mais aucun de ses protégés n'avait encore compris que Jort était un passeur qu'il leur avait envoyé pour les guider.

Les runes *thorn* et *lagu* avaient parlé : la mort rôdait. Mais quel cataclysme déclencherait l'Ombre, demain, à Jarkenfell ? De quoi était-il capable ? Natawas devait entrer en contact avec Marco, Sophia et Nacim.

Il fit résonner les clochettes de son manteau, ses douze chevaux à la pupille claire hennirent, mais personne ne lui répondit. Que se passait-il ?

Le chaman jeta une poignée d'encens dans le feu qui crépita aussitôt. Il vit ce qu'il craignait : Marco, Sophia et Nacim étaient en danger. Les cavaliers les avaient trouvés. Et Jort était blessé.

Les *gens cachés* accepteraient-ils de l'aider à nouveau ?

Il frappa sur son tambour. Sans réponse.

Alors il entonna son chant aux esprits pour les appeler à l'aide.

***

Sophia et Nacim essayaient de calmer les chevaux de Jort qui ruaient de panique dans l'écurie.

– Quelque chose les effraie, mais quoi ? s'écria Nacim. Ils vont se tuer s'ils continuent à se jeter comme cela contre les portes. Qu'est-ce qu'on fait, on les lâche ?

Sophia hésitait. Jort avait rentré ses chevaux par peur des cavaliers de l'Ombre, mais leur instinct de survie les poussait à fuir.

– On les lâche ! cria-t-elle.

Nacim se fraya difficilement un passage entre leurs croupes et leur ouvrit. Aussitôt, les chevaux se précipitèrent dehors. Une vieille jument prit la tête du troupeau en galopant, les jeunes la suivirent selon la hiérarchie. L'image des chevaux galopant de front dans la neige sous la lune semblait irréelle.

Nacim rassura Sophia :

– Ne t'inquiète pas, ils savent où ils vont.

Marco attendait sans bouger dans la maison de Jort. Quelqu'un entra.

– Jort ? C'est moi, Baldvina !

Il ne distinguait rien dans la pénombre. Que pouvait vouloir cette femme, en pleine nuit ? Où était passé le type qui marchait comme un cheval ?

137

– Qu'est-ce que vous faites là ? s'écria-t-elle quand Nacim et Sophia poussèrent la porte derrière elle. Où est Jort ?

– Ici, dans sa chambre, répondit Marco en éclairant la pièce.

Baldvina s'approcha. C'était une vieille femme si petite qu'on aurait juré qu'elle était naine. Ses cheveux gris et frisés débordaient d'un chapeau d'homme mal ajusté. Elle n'était pas aussi surprise qu'elle voulait le laisser croire.

– Y a qu'une vieille bête pour porter une vieille comme moi, bredouilla-t-elle, énigmatique. Elle n'a pas eu peur, mais faudrait mieux la rentrer.

Marco, Sophia et Nacim ne comprenaient rien à ses propos incohérents.

Elle vit à leur air perplexe qu'elle ferait mieux de recommencer ses explications.

– Jort m'a fait rentrer mes fistons, douze beaux gaillards de chevaux et deux princesses poulinières, et puis la vieille aussi, parce qu'on se connaît depuis toujours avec Jort. Parfois, il sait ce que j'ignore et, parfois, c'est l'inverse. Je ne lui ai pas demandé pourquoi. Il devait avoir ses raisons mais là, ils ont tout cassé. Comme si un orage terrible se préparait.

Elle retira son chapeau et se tourna vers la chambre de Jort.

– Ce vieil ivrogne est au lit, pas vrai ? Ivre mort ?

Marco acquiesça.

– Pourquoi mentez-vous ? dit la vieille en le fixant durement. Dites-moi ce qui s'est passé avant qu'il meure.

Marco bafouilla :

– On l'a retrouvé dans la neige, il était blessé. J'ai incisé la plaie et fait couler le sang mais il a de la fièvre.

– Un bubon de pus noir ? demanda-t-elle.

– Non, son gros pull et sa parka l'ont protégé. La pointe est à peine entrée dans son dos.

– Tout cela ne serait pas arrivé si vous n'aviez pas fait tomber les runes, fit Baldvina avec colère. Par votre faute, Jort a été repéré. Vous l'avez vu ?

– Qui ? s'inquiéta Marco.

– Le type qui marche comme un cheval…

– Je l'ai entendu, seulement entendu, juste avant votre arrivée. J'ai cru qu'il allait entrer. Jort a probablement aperçu ses traces dans la neige et il a eu peur pour ses chevaux. Vous croyez qu'il était venu pour lui ?

– J'en suis certaine, affirma Baldvina en se tournant vers Nacim et Sophia, restés immobiles et silencieux sur le pas de la porte. Vous avez écarté le mal, mais pour combien de temps ? Je vais dormir ici. Laissez-moi seule avec Jort, je vais essayer d'éloigner la mort de son corps et de faire revenir son âme. Pendant ce temps-là, mettez ma vieille jument au chaud.

– Vous avez perdu ça, osa chuchoter Sophia avant que Baldvina entre dans la chambre.

Et elle lui tendit le gant gris qu'elle venait de trouver dans la neige..

18

Au petit matin, Jort apparut sur ses deux pieds, les traits tirés et la tignasse en bataille. Il regarda la neige et passa une main sur son visage. La vieille Baldvina l'avait tiré d'affaire, mais elle avait été formelle : il avait été empoisonné par le venin d'un serpent inconnu dans la région. La mort l'avait raté de peu, il avait eu de la chance. Jort regretta, subitement, d'avoir jeté sa flasque d'alcool dans la neige.

– Dans quelle histoire je vous entraîne, les gosses ! dit-il en observant un à un Marco, Sophia et Nacim.

– C'est nous qui avons besoin de vous pour nous aider à retrouver l'Étalon avant l'Ombre, reprit Sophia fermement. Et Marco est peut-être un gosse, mais il vous a sauvé la vie !

Jort sourit. Décidément, pensa-t-il, elle avait du caractère.

– Nacim et moi avons décidé de lâcher vos chevaux. Ils se jetaient contre les portes, complètement paniqués. Ils entendaient quelque chose que nous ne

pouvions percevoir. Comme un grondement souterrain, ajouta-t-elle sans savoir pourquoi.

Baldvina sursauta.

– Un grondement souterrain, tu en es sûre ?

– Oui. On aurait dit que ça venait des entrailles de
la terre.

Baldvina se tourna vers Jort ; tous deux étaient
livides.

– Le volcan prépare une éruption ! s'écria-t-elle. Et
Jarkenfell se trouve juste à son pied. Il faut prévenir les
éleveurs.

– Trouve-nous des chevaux rapides, ordonna Jort,
et laisse ta vieille à l'écurie. Combien de temps avons-
nous ?

– Je ne sais pas, répondit Baldvina d'une voix lasse.
Mais il faut faire vite.

***

Jackqueville.
Enzo Ricardo était revenu au *Cric Crac*, aujourd'hui
encore. Paul était de plus en plus inquiet. Il était persuadé que l'architecte recrutait des gens avec ses
billets pour exécuter ses sales affaires. Luis s'était
laissé prendre et maintenant, qu'était-il devenu ?

Paul observa l'architecte dans le grand miroir du
Cric Crac. « Il a du sang sur les mains, songea-t-il en
crachant par terre. C'est pour cela qu'il porte des
gants. » Il ne voulait plus le servir, son regard froid et
fixe le terrorisait. Mais Enzo Ricardo commanda un

café et Paul dut le lui apporter. Cependant, il n'osa pas toucher au billet que l'architecte lui tendit.

– C'est la maison qui offre ! s'excusa-t-il.

De retour dans la cuisine, Paul songea à la photo de Luis et eut une sorte de vision : les petits chevaux étaient morts, étendus dans la neige souillée de leur sang et Luis, observant la scène, riait à en perdre haleine.

Paul eut envie de vomir. Les murs du *Cric Crac* vacillèrent et il s'écroula en pensant : « Luis les a tués ! L'architecte l'a payé et il les a tués ! »

Un instant après, il entendit Picd de cheval s'approcher de lui. Saisi d'effroi, il rassembla ses forces et se traîna en rampant jusqu'à sa cachette. Il s'empara de la photo et la glissa sous sa chemise.

« Je dois les sauver, pensa-t-il. Je dois sauver mes chevaux... »

*****

Jarkenfell.

Marco, Sophia et Nacim entendirent de loin le brouhaha de l'immense foire. Des centaines de chevaux étaient déjà regroupés à Jarkenfell, au pied du volcan. Tous se ressemblaient à un point étonnant.

– Ils n'ont jamais été croisés avec d'autres races, depuis des siècles, leur expliqua Jort. Seule change la couleur de leurs robes.

Les éleveurs, rassemblés autour de grandes tables, mangeaient et buvaient de la bière, ou bien ils se promenaient parmi les chevaux en parlant fort et en riant. L'ambiance était joyeuse et festive ; personne n'évoquait le carnage découvert par Sophia près du lac, sinon à voix basse et en cachette, de peur de réveiller les êtres maléfiques qui, espéraient-ils, ne viendraient pas chevaucher leurs chevaux ni même les mordre.

– Faites attention à vos chevaux, tenez-les court ! conseilla Jort en avançant dans la foule.

Sophia était angoissée par cette fausse ambiance de fête. Elle ressentait la présence des cavaliers de l'Ombre parmi les éleveurs. Ils étaient là, elle le savait, mais rien ne les distinguait des autres hommes.

– Écoutez-moi ! cria soudain Jort dressé sur ses étriers. Écoutez-moi tous ! Une éruption se prépare. Rassemblez vos chevaux et rentrez chez vous avant qu'il ne soit trop tard. S'ils tentent de s'échapper, ne vous mettez pas en travers ; dans la panique, ils vous piétineraient.

Il y eut un moment de stupeur.

– Comment tu le sais ? Encore une de tes idées d'ivrogne ? l'interpella un fermier.

Jort ne broncha pas.

La plupart le connaissaient et le respectaient, aussi ils le prirent au sérieux. Ils regroupèrent les étalons et les juments avec leurs poulains, abandonnant leurs repas sur les tables.

– Restez-là, les gars ! La fête n'est pas terminée ! lança un homme ivre.

Mais personne ne sembla l'entendre. La neige n'était plus que boue noire piétinée par des centaines de sabots. Les chevaux énervés ruaient, se cabraient, s'intimidaient en essayant de se mordre.

– Ils vont mettre du temps avant de sortir de Jarkenfell…, s'inquiéta Jort.

Soudain Marco, Nacim et Sophia entendirent une énorme explosion.

– La terre s'est ouverte sous le glacier ! cria Baldvina.

– Les runes l'avaient prédit ! s'exclama Jort.

Il sortit de sa poche la rune *dag* et la jeta sur le sol.

– *Dag*, invoqua-t-il pour contrecarrer les puissances des ténèbres. Que la force du soleil soit avec nous !

Mais le jour s'était déjà transformé en une nuit de cendres et la terre se mit à trembler. Les chevaux et les hommes étaient pris au piège.

– La glace va fondre rapidement sous la chaleur du feu, avertit Jort. Des coulées de boue vont nous emporter. Ne restons pas là. Sophia, ne t'éloigne pas.

– Je ne vois plus rien, hurla-t-elle, entraînée par la foule.

Les émanations de gaz lui brûlaient la gorge. Les chevaux tombaient les uns sur les autres sans pouvoir se relever, écrasant leurs cavaliers. Les poulains séparés de leurs mères, effrayés, galopaient en tous sens. Sophia réussit à se dégager mais son cheval, blessé, refusa d'avancer. Elle mit pied à terre pour le soulager.

– Jort ! s'égosilla-t-elle. Nacim ! Marco ! Baldvina !

Autour d'elle, ce n'était que cris, hennissements, piétinements et appels de détresse.

– Natawas, vieux chaman ! supplia-t-elle, en larmes. Envoie tes esprits protecteurs, convoque les puissances d'en haut ! Transmets-nous tes pouvoirs !

Elle frotta son index sur sa pierre pâle, espérant entendre le tambour lui répondre. « Étoile du Matin, Nuage Clair, Aurore, Azur, Aube Irisée, Perle de Rosée, Nuage Gris, Étoile du Soir, Petit Soleil, Pluie de Lune, Ciel de Lait, Matin Calme », récitait-elle pour vaincre son angoisse.

Soudain, un cheval la poussa fermement du bout du nez.

– Soleil-Lune ! s'écria-t-elle en sanglotant. Tu es revenu !

Elle enlaça son encolure, l'embrassa, et, d'un bond, grimpa sur son dos.

– À quel Monde appartiens-tu ? lui dit-elle. Qui te guide ? Aide-moi à rejoindre l'Étalon. Trouve-le !

Le cheval se cabra, Sophia accrochée à sa crinière, et se dirigea au grand galop vers le volcan.

Marco et Nacim, fous d'inquiétude, scrutaient la cohue à la recherche de leur amie. Baldvina, elle aussi, avait subitement disparu, emportée par le flot des chevaux qui tentaient d'échapper au volcan.

– Impossible de voir quoi que ce soit avec cette pluie de cendres ! ragea Nacim.

Tout à coup, des centaines de cavaliers au galop, brandissant des torches surgirent.

– Les cavaliers de l'Ombre ! s'exclama Marco. La chasse à mort a commencé.

– Il faut aller jusqu'à la grande faille, au pied du volcan, avant qu'il ne soit trop tard, hurla Jort. Trouvez l'Étalon qui seul peut sauver nos chevaux.

– Nous ne pouvons pas abandonner Sophia et Baldvina ! s'écria Nacim.

– Je m'en charge, il ne leur arrivera rien, tenta-t-il de les rassurer.

– Vous ne deviez pas nous guider ? s'inquiéta Marco.

– Je ne suis pas chaman. Je ne suis qu'un passeur et je n'ai pas le pouvoir de rejoindre l'Étalon, reconnut Jort. Ma mission s'arrête à Jarkenfell. Ne perdez plus de temps !

Marco et Nacim, angoissés, lancèrent leurs chevaux au grand galop vers le pied du volcan. Ils se jetaient dans la gueule du monstre crachant le feu et la mort. Ils étaient chamans, Esprit Cheval les avait choisis, ils ne pouvaient plus reculer.

19

L'Ombre était debout dans son bureau, jubilant de plaisir devant les grands miroirs qui lui reflétaient le ciel obscur de Jarkenfell strié de lueurs inquiétantes. Ses rituels n'avaient pas été vains, il avait réussi à rallier les puissances souterraines à sa cause et la catastrophe avait eu lieu. Les derniers petits chevaux du Nord seraient bientôt pétrifiés dans la lave, figés dans leurs mouvements. L'Étalon mythique ne pouvait se cacher plus longtemps. Il faudrait qu'il se montre et l'Ombre était prêt pour le combat !

– Vous aurez votre part de récompense, dieux infernaux, tonna-t-il. Votre heure de gloire a sonné.

Le volcan grondait, projetant partout ses pierres brûlantes ; la roche en fusion s'échappait de son flanc déchiré.

– Que c'est beau, répétait l'Ombre, fasciné. Continuez donc la fête, gens de Jarkenfell. Pourquoi fuyez-vous ? Profitez du spectacle. Vous ne comprenez donc pas que vous serez exterminés, quoi que vous tentiez ?

L'Ombre appela ses trois meilleurs cavaliers. Ils apparurent aussitôt sur les miroirs, à cheval, couverts de cendres, le visage masqué par un foulard comme les éleveurs qui essaient de se protéger des vapeurs de gaz toxiques, et une torche à la main.

– Nous avons repéré le seul endroit, au pied du volcan, où il est possible d'entrer, annonça l'un des trois cavaliers. Une grande faille qui se propage vers le centre de la Terre.

– L'entrée du royaume des morts, rugit l'Ombre. C'est là que l'Étalon se cache. Tenez-vous prêts à assurer ma protection. Votre maître arrive.

Il ficha une fois encore la pointe de sa canne dans le globe terrestre, sur le pays du Nord.

– *Thorn* ! *Iagu* ! scanda-t-il avec force, conférant aux pierres divinatoires maudites leur pouvoir magique.

Puis la lourde porte d'airain du Monde Double s'entrouvrit, et l'Ombre s'engouffra dans les ténèbres.

***

Jackqueville.

Quand le patron du *Cric Crac* passa derrière son comptoir, il poussa un tel cri que ses voisins accoururent aussitôt. Paul était recroquevillé par terre, les yeux ouverts, les jambes raides, le corps froid. Des cafards couraient déjà sur son visage.

– Il faut l'allonger, dit-il aux curieux qui l'entouraient. On ne peut pas le laisser tout difforme, comme ça, ou il ne rentrera pas dans son cercueil.

Les autres approuvèrent et quelqu'un se dévoua pour l'aider à déplier Paul. Ils découvrirent alors, serrée contre son ventre, une photo roulée dont le bas avait été arraché. Une photo représentant des chevaux dans la neige.

Certains hochèrent la tête, c'était sans intérêt, et ils repartirent à leurs affaires d'un pas traînant.

– De quoi est-il mort ? s'inquiéta cependant le patron.

– J'en sais rien, avoua l'homme qui l'avait aidé. Regarde, il a une espèce de bubon noir, là, sur la main. Il aurait été piqué par un serpent minute que ça ne m'étonnerait pas.

– Ferme-la, lui conseilla le patron, ça pourrait faire peur aux clients. Y a jamais eu de serpent au *Cric crac*.

Il lui tendit une grosse pièce de monnaie et l'autre lui adressa un signe complice. Puis, ils emmenèrent le corps de Paul dans la remise, derrière le café, sans remarquer, par terre, une petite fléchette de plastique rouge.

***

Jarkenfell.
Quand Soleil-Lune parvint devant la grande faille, sa robe isabelle était grise de cendres. Il était trempé

de sueur et respirait difficilement, les naseaux pincés. La chaleur était insupportable ; Sophia suffoquait.

L'entrée de la faille, située à quelques mètres en contrebas, semblait impossible à atteindre. C'était comme une gueule de dragon béante défendue par des pierres noires hérissées.

« Je ne pourrai jamais descendre dans ce précipice. Il faudrait que Soleil-Lune saute dans le vide et se réceptionne juste entre les roches, évalua-t-elle. Mais aucun cheval ne peut réussir un tel exploit. C'est trop risqué. »

Sophia, angoissée, se trouvait acculée. Cette course folle n'avait-elle servi à rien ? Et ses amis : Marco, Nacim, Jort et Baldvina, avaient-ils réussi à se dégager des troupeaux de chevaux terrorisés par l'éruption ? Sauraient-ils la rejoindre ?

Soleil-Lune, nerveux, hennit et se cabra, manquant de la désarçonner.

– Qu'est-ce que tu as ? s'inquiéta-t-elle Sophia en tentant de le calmer. Je ne comprends pas ce que tu veux. On ne peut accéder à cette ouverture, c'est trop dangereux. Il doit y avoir un autre passage.

Mais Soleil-Lune s'obstinait et Sophia ne le contrôlait plus.

Tout à coup, elle crut apercevoir des lueurs inquiétantes à travers le brouillard de cendres.

– Les cavaliers de l'Ombre ! Ils nous ont repérés et pistés jusqu'ici !

Soleil-Lune piaffait au bord de la faille, il recula et fit une volte.

– Ne saute pas ! cria Sophia, couchée sur son encolure.

Mais le cheval prit son élan et bondit de l'autre côté du précipice. Elle entendit les pierres rouler au fond de la grande faille, mais, d'un coup de rein, Soleil-Lune se rétablit sur le sol ferme juste à l'entrée de l'anfractuosité.

« Il vole ! » pensa-t-elle, toute tremblante. Elle se souvint soudain de l'énigme de Jort : « *Qui sont ces deux qui ont dix pieds, trois yeux et une queue ?* » « *L'Étalon à huit jambes, chevauché par un dieu vole au-dessus de la mer* », avait-il affirmé. Mais Soleil-Lune n'avait que quatre jambes et il volait…

Sophia s'engouffrait dans la faille quand elle reconnut les cris sauvages des cavaliers de l'Ombre. Où la conduisait Soleil-Lune ? Vers le royaume des morts ?

20

Ralentis ! supplia Nacim, mes poumons vont exploser et nos chevaux sont trempés.

Mais Marco ne l'entendait pas. Il galopait bride abattue sous une pluie de projections brûlantes.

– Marco, ralentis ! cria Nacim.

Marco se retourna et attendit son ami. Le cheval de Nacim, les yeux exorbités, respirait par saccades ; un mince filet de sang coula de ses naseaux dilatés.

– Monte derrière moi. Ton cheval fait un coup de sang.

– Je ne peux pas l'abandonner, s'indigna Nacim d'une voix blanche. C'est de notre faute, nous l'avons trop poussé.

– Reste avec lui si tu veux, mais on ne peut pas s'arrêter. C'est lui ou toute la race. Nous ne devons plus être loin de la grande faille. Décide-toi !

Nacim lui en voulut. S'il abandonnait sa monture, l'animal se coucherait et mourrait. Il fallait qu'il marche pour reprendre souffle.

Un brouillard chaud et asphyxiant masquait l'horizon et seule la coulée de lave sur le flanc du volcan éclairait le paysage lugubre.

– Des lueurs, là-bas ! aperçut Nacim.

Marco comprit aussitôt : les torches des cavaliers de l'Ombre.

– Ils nous ont devancés, ragea-t-il.

Au même moment, la monture de Nacim s'affaissa. Il sauta de sa selle et la désangla. Le cheval se débattit un instant et mourut brutalement.

– Non ! s'effondra Nacim. Non !

Mais il savait qu'il n'y avait plus rien à faire et se mit à pleurer. Cela faisait si longtemps qu'il contenait sa peur et ses émotions.

– Monte, lui ordonna Marco en lui tendant la main.

Nacim monta en croupe.

Comment pourraient-ils, à eux deux, vaincre l'Ombre et ses cavaliers ?

***

– Je vais maintenant désigner ceux qui, parmi mes meilleurs cavaliers, m'accompagneront, annonça l'Ombre d'une voix forte. Luis, Joris et Ankel.

Les trois cavaliers désignés sortirent du rang en brandissant fièrement leurs torches. Qui aurait pu les soupçonner d'appartenir à l'Ordre ? Rien ne les distinguait des autres hommes et c'était là leur force. Ils pouvaient s'infiltrer partout et agir dès que l'Ombre leur commandait.

– Reprenez vos attaques ! ordonna l'Ombre. Harcelez les fermiers, où qu'ils se trouvent. Détruisez les chevaux.

Il entonna un chant guerrier qui les galvanisa aussitôt.

– Grâce à vous, j'accomplirai mon destin ! Je sais ce que je vous dois. Je n'oublierai pas votre loyauté.

Il monta sur un petit cheval du Nord que ses hommes avaient pris soin d'harnacher d'une selle et d'une bride d'apparat. Il lui donna de violents coups d'éperons et disparut avec ses trois cavaliers dans l'épais nuage de cendres qu'il avait lui-même provoqué.

Aucun d'eux n'avait jamais aperçu le visage de son maître, ni tenté de l'apercevoir, sous peine de mort. Tous obéissaient à ses ordres, conscients de faire partie d'une élite alors qu'ils n'étaient, avant de suivre l'Ombre, que des gens ordinaires avec des vies ordinaires, elles aussi.

– Dispersons-nous ! crièrent leur chef. Aucun cheval ne doit nous échapper.

Et les cavaliers reprirent leur course macabre.

Protégé par son escorte, l'Ombre était excité à l'idée de tuer l'Étalon mythique en combat singulier. Bientôt, il offrirait sa chair aux dieux obscurs pour leur banquet infernal et il boirait son sang, s'incorporant ainsi son pouvoir d'immortalité. Bientôt, quand il aurait vaincu les sept chevaux mythiques, pères de toutes les races, la prophétie des sept chevaux s'accomplirait ! Car tel était son unique objectif : sacrifier une race n'était que le moyen d'obliger son ancêtre immortel à se montrer au grand jour.

Lorsqu'il arriva devant la grande faille, l'Ombre sut qu'il était temps de se débarrasser de ses cavaliers. Il les regarda avec mépris. Comme il lui avait été facile d'enrôler Luis, Joris, Ankel et tous les autres... Un peu d'argent avait suffi. « Croient-ils vraiment en mes pouvoirs ? s'interrogea l'Ombre, sceptique. Ils n'ont vu qu'un avenir meilleur pour leur petite personne. Des larves de mouches », conclut-il, cynique.

Il observa Luis attentivement. Depuis qu'il avait rejoint le pays du Nord, le jeune garçon de café s'était dévoué corps et âme à son maître. Il était devenu un véritable traqueur et un vrai tireur d'élite. Pourtant, il devait mourir, lui aussi, car personne ne devait assister à son rituel maléfique.

Luis découvrit avec stupeur la grande faille qui marquait l'entrée du passage taillé dans la roche, et le sol hérissé de pierres noires et coupantes qui le défendaient. Comment pourrait-il l'atteindre, avec ou sans cheval, sans tomber dans le précipice ? L'Ombre le jaugeait et Luis eut peur tout à coup.

Sur le sol poudré de cendres, Luis remarqua alors des traces de sabots. Quelqu'un les avait-il devancés ? Il sortit immédiatement de sa botte sa longue sarbacane en bambou avec laquelle il envoyait ses fléchettes empoisonnées sans jamais rater sa cible. Il se souvint avec amusement de la photo collée au mur de sa chambre, avec ces petits chevaux du Nord galopant dans la neige, sur laquelle il s'entraînait. Mais l'Ombre, d'un geste nerveux, lui fit ranger son arme.

« Ils sont juste bons à tuer, mais incapables de déceler la moindre présence surnaturelle, ragea-t-il en maudissant ses cavaliers, parce que ce n'étaient que de simples exécuteurs. Le Monde des esprits est bien trop complexe pour eux. Le cheval qui a bondi de l'autre côté de la faille ne peut appartenir qu'à la race des dieux, et aucun d'eux n'a flairé sa venue. »

L'Ombre ne devait pas épuiser ses forces dans ce pays du Nord. Ni rester trop longtemps hors du Monde Double. Il devait agir et vite, maintenant.

Il aligna ses trois cavaliers devant la faille béante.

– Sautez ! leur ordonna-t-il. Rejoignez en héros le royaume des morts. Sacrifiez-vous pour l'Ombre et pour les dieux qui nous donneront la victoire, continua-t-il avec emphase.

Il leur dévoila alors son visage, et aucun n'osa se détourner de sa face hideuse, avec ses yeux fous injectés de sang et sa mâchoire proéminente. Mais ils comprirent aussitôt qu'ils allaient mourir.

« Une tête de cheval ! », s'affola Luis. Il était jeune et ne voulait pas être sacrifié pour que ce monstre triomphe de la mort. Il ne sauterait pas ! Il ne se fracasserait pas contre les roches de la grande faille. Il fit reculer son cheval, se dégagea rapidement du bord du précipice et le lança au galop.

Quelques foulées plus loin il s'écroulait, frappé à mort par la pointe empoisonnée d'une fléchette en plastique bleue. Son cheval se dégagea de son poids en ruant et Luis roula dans la neige sale et grise de cendres. Il eut tout juste le temps, avant que sa vue ne se brouille, de voir défiler de petits bouts de vie insignifiants : la Cité du Soleil, Paul essuyant le bar du *Cric Crac* avec son torchon humide, sa chambre avec l'électricité, l'architecte qui lui tendait un billet. Et puis son corps se raidit et il expira. Ankel ne l'avait pas raté.

– *Thorn* ! gronda l'Ombre, contrarié par ce contretemps.

Joris et Ankel sursautèrent, leurs chevaux terrorisés ruèrent pour s'échapper, mais des milliers de mouches bleues surgirent du brouillard de cendres et les précipitèrent tous les quatre au fond de la faille.

L'Ombre éclata d'un rire tonitruant :

– Je préfère mes tokauals. Eux sont toujours à mes ordres.

Personne désormais, après l'offrande de ses meilleurs cavaliers aux divinités infernales, ne viendrait troubler l'étrange rituel qui le transformerait en un double maléfique de l'Étalon mythique.

L'Ombre mit pied à terre et commença ses incantations. Il tenait une torche dans chaque main et frappait le sol de ses pieds, appelant les esprits du Monde obscur. Qu'ils le conduisent jusqu'à l'Étalon, dans le royaume des morts !

***

Marco aperçut en premier le cadavre de Luis. Son petit cheval, essoufflé, n'osait plus avancer. Nacim sauta à terre et s'approcha du corps.

– On dirait qu'il est mort asphyxié.

Mais en observant la position du corps figé dans le mouvement, Nacim comprit qu'il avait été empoisonné, lui aussi, par du venin de serpent. Il chercha une fléchette comme celle qui avait atteint Jort et les chevaux découverts par Sophia près du lac, mais rien. Il ne remarqua pas ses mains gantées de gris, ni sous une de ses bottes, un fer à cheval étroit.

– Marco, souffla-t-il, les cavaliers sont là. Ils nous attendent. Ils ont tué ce pauvre type parce qu'ils l'ont confondu avec un de nous deux. Ils ont dû nous repérer quand Jort a parlé aux fermiers.

Le talisman de Natawas, imprégné de présences malfaisantes, devint gris. Les deux garçons se regardèrent, stupéfaits. Le vieux chaman les avertissait.

– Un cavalier de l'Ombre, s'écria Nacim, horrifié, en abandonnant le cadavre.

Lorsqu'ils arrivèrent au bord de la grande faille, ils découvrirent le sol boueux piétiné par de multiples sabots. Mais, curieusement, l'empreinte d'un seul sabot avait labouré le sol en un cercle parfait.

– On dirait l'empreinte de celui qui marche comme un cheval, constata Marco. Mais pourquoi sur un cercle ? Et où sont passés les autres chevaux ? S'ils étaient redescendus à Jarkenfell, nous les aurions croisés...

Il réfléchit avant de reprendre :

– Nacim, sur les murs du tombeau, l'étalon à huit pattes n'était-il pas inscrit dans un cercle ? Le cercle de l'éternité, sans commencement ni fin ? Celui qui a tracé ce cercle connaît sûrement l'énigme et les pouvoirs de l'Étalon mythique.

– Et tu en déduis quoi ? reprit Nacim. Jort et Baldvina connaissent l'énigme, eux aussi.

– Alors pourquoi a-t-il tracé ce cercle ? continua-t-il en réfléchissant tout haut. Et regarde, on dirait qu'il monte un cheval boiteux.

– Non, s'exclama tout à coup Nacim. Il se prend pour l'Étalon mythique. L'Ombre s'est métamorphosé.

Marco le regarda, incrédule.

– Et que sont devenus ses cavaliers et leurs chevaux ?

– Tués ! Sacrifiés ! Voilà ce que je ressens aussi clairement qu'une vision : l'Ombre s'est métamorphosé !

Il hésita un instant avant de poursuivre d'une voix saccadée :

– Un étalon, sa couleur de robe porte malheur, il descend dans le royaume des morts…

Puis il revint brusquement à lui.

Marco ramassa une touffe de crins gris dans la boue.

– Il pratique la sorcellerie avec ses tokauals, admit-il, troublé. Mais, se métamorphoser en étalon, qui en a le pouvoir ?

Tout lui semblait confus comme le chaos qui régnait partout, de Jarkenfell à la grande faille, à cause de l'éruption du volcan.

21

Soleil-Lune avançait prudemment dans le long couloir obscur qui descendait sous terre. Sophia ne voyait plus rien. Elle se laissait emporter par son guide, le cœur battant, la bouche sèche. « Les chevaux sont clairvoyants, ils croient en vous », leur avait révélé Natawas.

Des gémissements, des longues plaintes étouffées, des cris semblaient surgir de nulle part. « Le royaume des morts », pensa-t-elle, effrayée. Elle se boucha les oreilles pour ne pas entendre ceux qui cherchaient à revenir dans le Monde des vivants, même si la mort était pour eux une autre forme de vie.

Soleil-Lune longea la grille qui les séparait du royaume des morts. Il ne traversa pas le pont permettant d'en franchir l'entrée, mais continua dans cette galerie souterraine glissante, dont les boursouflures de lave rendaient le passage difficile. À quelle profondeur se trouvait-elle maintenant ? Cette descente lui paraissait sans fin.

– Où me conduis-tu ? murmura Sophia, ne sachant plus très bien si elle était elle-même encore vivante, ni où se situait la frontière entre le réel et l'irréel.

La galerie déboucha dans une grotte immense. Des stalactites formaient d'étranges lustres sous sa voûte. Par une étroite ouverture passait une clarté inexplicable. Le sol était recouvert de sable fin.

Soleil-Lune hennit puissamment, comme un appel, et d'autres hennissements lui répondirent. Soudain, entouré de six autres chevaux, l'Étalon mythique apparut. Sa robe était pourpre et sa crinière d'or. Il frappait le sol de son large sabot, le striant d'éclairs. Ses naseaux dilatés brillaient dans la lumière rougeoyante.

Sophia mit pied à terre, comprenant instinctivement qu'aucun humain, avant elle, n'avait jamais rejoint l'Ancêtre et Père de tous ces petits chevaux du Nord.

Soleil-Lune s'approcha de l'Étalon, l'encolure basse pour lui montrer sa soumission, et rejoignit le cercle des six autres chevaux. Sophia était si troublée qu'elle était incapable de bouger.

– Natawas ! répétait-elle comme une incantation pour que le vieux chaman la protège. Natawas, ne m'abandonne pas...

L'Étalon, menaçant, la flaira. Qu'attendait-il d'elle ?

Du bout des doigts, elle effleura son talisman, la pierre pâle accrochée à son cou, en invoquant Esprit Cheval :

– Donne-moi la clairvoyance dans ce royaume des morts où les sept chevaux de l'Étalon guident les âmes sous terre. Donne-moi la parole pour m'adresser à ce dieu cheval !

Elle se sentit tout à coup envahie par une force nouvelle et entendit la voix de Natawas, claire comme au premier jour de son initiation :

« Qui es-tu ? lui avait-il demandé alors.

– Je suis cheval ! » avait-elle répondu.

Et, pour le prouver, elle avait secoué ses cheveux comme une crinière, balancé sa tête et gratté le sol de son pied.

Sophia refit les mêmes gestes et hennit puissamment. Les sept chevaux, en cercle autour de l'Étalon, lui répondirent. Alors, elle s'approcha devant l'Ancêtre, tête basse comme Soleil-Lune avant elle. L'Étalon s'imprégna de son odeur, et lui mordilla l'épaule en signe d'appartenance. Désormais, elle aussi faisait partie de son clan.

***

Natawas avait revêtu son grand manteau de chaman et frappait son tambour aussi fort qu'il le pouvait.

– Esprit Cheval, criait-il. Je vis des rêves étranges. Sophia chevauche Soleil-Lune au-delà du royaume des morts… L'Étalon pourpre à la crinière d'or, l'Ancêtre mythique des chevaux du Nord, est entouré de ses sept fils… J'ai vu les cavaliers de l'Ombre précipités dans la grande faille... Et l'Étalon gris investi des forces guerrières du mal... J'ai vu l'horreur et l'infamie, les cadavres des chevaux, les hommes piétinés, le feu des torches et la lave du volcan et partout la neige tachée de sang...

Natawas, à bout de forces, implorait :

– Esprit Cheval ! Que l'Étalon pourpre sorte des entrailles de la Terre ! Qu'il passe d'un Monde à un autre, et revienne parmi ses petits chevaux du Nord ! Maintenant, Nacim et Marco, au bord de la grande faille, doivent rejoindre Sophia, mais qui les conduira ? Esprit Cheval, éclaire-moi ! N'abandonne pas tes fils, désigne-moi leurs guides : Étoile du Matin, Nuage Clair, Aurore, Azur, Aube Irisée, Perle de Rosée, Nuage Gris, Étoile du Soir, Petit Soleil, Pluie de Lune, Ciel de Lait et Matin Calme.

Étoile du Matin et Étoile du Soir s'avancèrent vers le vieux chaman. Ils guideraient Marco et Nacim au-delà du royaume des morts. Ainsi en avait décidé Esprit Cheval.

***

– Le tambour ! s'écria Nacim.

Et il reprit espoir.

– Natawas est avec nous. Jort et Baldvina ont sûrement retrouvé Sophia.

– L'Ombre a sauté de l'autre côté du précipice pour entrer sous la terre. Nous devons réussir à passer...

– Nous ne pourrons jamais atteindre l'autre bord avec notre petit cheval !

Ils se dévisagèrent et comprirent qu'ils avaient eu la même vision.

– Yooo ! lancèrent-ils d'une seule voix en fermant les yeux. Natawas, convoque les esprits d'en haut pour nous aider à franchir la grande faille ! Yooo ! Yooo ! Natawas, nous entendons ton tambour ! Révèle-nous ce que nous devons savoir.

Ils virent alors Étoile du Matin et Étoile du Soir galoper dans le ciel.

– Ils nous rejoignent, chuchota Marco. Ma vision est sincère.

– Où est Sophia ? interrogea Nacim, mais les esprits ne lui répondirent pas.

– L'Étalon gris boite et son pied saigne, je le vois, déclara Marco.

– Il ne va pas sur ses deux pieds. Et le rouge lui fait face, prêt au combat.

Puis sa vision se brouilla soudain et il revint à lui.

– Nacim, s'exclama-t-il, les Étalons vont lutter à mort. Le rouge contre le gris. Le gris est cruel et porte la malédiction mais le rouge la brise de ses dents. Nous devons passer pour le rejoindre !

Étoile du Matin, la robe couverte de cendres, frappa de son sabot le bord de la faille. Étoile du Soir l'imita. Ils étaient prêts. Ils hennirent pour appeler Marco et Nacim, qui les rejoignirent aussitôt.

« Qu'Esprit Cheval soit avec nous et que Natawas nous guide dans les ténèbres », pensa Marco.

L'Ombre, métamorphosé en Étalon gris, boitait. Il s'était blessé à la jambe gauche sur des roches coupantes en sautant par-dessus la faille, mais il descendait maintenant dans la galerie souterraine, excité par ce qu'il attendait depuis longtemps. L'Étalon pourpre ne résisterait pas à sa puissance, songeait-il. Il convoquerait ses tokauals, s'il le fallait ; l'obscurité ne les effrayait pas.

Il secoua sa crinière, lécha le sang de sa plaie et continua sa course.

Lorsqu'il atteignit le royaume des morts, il longea la haute grille en frissonnant et accéléra l'allure. Il ne voulait pas entendre les gémissements de ceux qui reviendraient hanter les vivants et régler leurs comptes avec eux.

S'il descendait au-delà du royaume des morts, c'était pour acquérir l'immortalité que les dieux n'accordent qu'aux héros ou à leurs fils, les demi-dieux. « L'Étalon pourpre est de ceux-là, ricana-t-il intérieurement. Il peut voler dans les airs et au-dessus de la mer, mais il est incapable de lutter contre mes cavaliers ou de rassembler les forces souterraines pour ébranler un volcan. Il sera bientôt entre mes mains et ses descendants mourront, tous, parce que je l'ai décidé ! Ses pouvoirs ne pourront rien empêcher ! »

L'Ombre s'arrêta un instant pour reprendre souffle. Sa jambe gauche le lançait jusque dans la pointe de l'épaule. Les poils de sa robe grise étaient collés de sueur et une fine écume recouvrait ses naseaux. Seuls ses yeux fous brillaient étrangement dans l'obscurité de la galerie souterraine.

– Je le sens ! Je le sens ! répéta-t-il en tendant son encolure.

Il retroussa sa lèvre supérieure en tendant son encolure et inspira profondément. Son rival était tout proche.

22

L e jour annoncé par Esprit Cheval est donc venu, pensa l'Étalon pourpre en observant Sophia. Les dieux la protègent.

« Des humains qui voient ce que les autres ne voient pas, entendent ce qu'ils n'entendent pas, comprennent ce que les autres ne comprennent pas », avait précisé le Grand Esprit. « Ils franchiraient les frontières entre le Monde visible et le Monde invisible des esprits... Ils parviendraient jusqu'à lui pour qu'il revienne une fois encore insuffler sa force et sa vie aux chevaux de ce pays du Nord. »

Soudain, l'Étalon pourpre entendit résonner des sabots dans la galerie souterraine. Il appela ses fils qui firent cercle autour de lui. D'un mouvement de tête, il ordonna à Soleil-Lune d'éloigner Sophia, mais celle-ci intercepta son ordre et se récria :

– Montrez-vous au monde. Car ainsi, seulement, la race de vos descendants sera sauvée.

L'Étalon pourpre coucha les oreilles, piaffa et marcha sur elle, quand une immense silhouette de cheval se dessina sur les parois de la grotte. Un étalon gris surgit, mâchoires en avant. L'Étalon pourpre lui fit face en se dressant. L'autre esquiva les coups de ses antérieurs et tenta de le renverser en se pointant. La violence des assauts entre les deux combattants fut bientôt redoutable. Ils ruaient, se cabraient, tentaient de se mordre à l'encolure et aux jarrets. Tous deux étaient blessés. Leur robe et leurs crinières se tachaient de sang. Leur fureur résonnait sous la voûte de la grotte.

Les sept fils de l'Étalon pourpre assistaient impuissants à la lutte. Ils avaient tenté d'encercler l'Étalon gris mais sa force, décuplée par la rage de vaincre, les avait tenus à distance.

Alertés par les bruits du combat, les petits chevaux de Natawas, effrayés, continuèrent cependant à descendre vers le centre de la terre, au-delà du royaume des morts où les gémissements et les plaintes s'étaient tus pour mieux entendre l'un des deux étalons s'effondrer et râler en mordant le sable de la grotte.

Marco et Nacim, tremblants d'angoisse, se cramponnaient à leurs montures. Quand ils arrivèrent enfin dans la grotte, l'Étalon pourpre gisait dans le sable rougi et son adversaire s'apprêtait à le piétiner de ses lourds sabots. Mais il se releva brusquement et le mordit puissamment à la gorge. L'Étalon gris hennit de douleur et se dégagea, chancelant.

– Esprit Cheval ! appela Sophia.

Marco et Nacim l'entendirent, stupéfaits. Ils l'aperçurent près de sept chevaux tous semblables.

Et ils comprirent que Soleil-Lune était venu la chercher, et l'avait conduite jusqu'ici.

L'Étalon gris, affolé, perdait son sang et ne bougeait plus. Sophia profita de sa faiblesse et s'approcha de l'Étalon pourpre.

« *La barrière de ses dents* », se souvint-elle brusquement. Et elle se répéta : « *Les chevaux sauvages connaissent le secret des pierres. Je vois leur père à huit sabots. Puissance magique gravée sur la barrière de ses dents. Il sait ! Il sait ! Sans lui, les chevaux mourront.* » Sa vision dans la grotte de Natawas prenait à présent tout son sens. Le secret des pierres, c'était les signes des runes. Jort leur en avait appris la force et le pouvoir. Et ces signes étaient gravés sur les dents de l'Étalon pourpre. Quelqu'un devait les invoquer pour que le Grand Ancêtre mythique des chevaux du Nord sorte une nouvelle fois du ventre de la Terre et sauve ses fils de la folie de l'Ombre.

Elle reconnut l'Ombre dans cet étalon gris dont le sang coulait par les naseaux et la bouche était blanche d'écume. « Il ne s'avouera jamais vaincu, pensa-t-elle. Sous la forme d'un étalon ou sous une autre, il reprendra le combat. »

Un à un, elle cria les signes magiques qui conféraient la force, la protection, la victoire et la lumière.

– *Tyr, sigel, beorc, ehwas, elhaz, kan* !

Les parois de la grotte tremblèrent. L'Étalon pourpre se dressa dans la clarté lumineuse et, tout à coup, Sophia le vit fendre les airs de ses huit sabots étincelants. L'Étalon gris, renversé par cette lumière soudaine, roula à terre.

Bientôt, le Grand Ancêtre apparaîtrait au grand jour, à Jarkenfell, sur la lande, près des fjords et des lacs, là où les petits chevaux vikings, ses descendants, vivraient de nouveau paisiblement. Les puissances souterraines ne pouvaient plus rien contre lui. Les cavaliers de l'Ombre, avec leurs fléchettes empoisonnées, seraient démasqués un à un.

– Huit jambes, Marco ! Il a huit jambes, s'égosillait Nacim dans le fracas des stalactites qui s'écrasaient sur le sol.

Sophia bondit sur Soleil-Lune et Étoile du Matin et Étoile du Soir les suivirent. Le fils de l'Étalon pourpre connaissait le chemin du labyrinthe qui leur permettrait de ressortir libres. Marco, Sophia et Nacim galopèrent sans s'arrêter, se retournant sans cesse pour vérifier que l'Ombre ne les poursuivait pas, croyant toujours entendre son hennissement fou.

Quand, soudain...

– Les mouches bleues ! hurla Marco. Elles forment un filet au mailles serrées, nous allons être pris au piège.

Mais Soleil-Lune, d'une ruade, envoya sa cavalière hors de leur portée. Elle fut surprise par ce choc inattendu et déséquilibrée, mais elle roula sur le sol, loin du danger. Les mouches changèrent de proie et se ruèrent sur Soleil-Lune, tandis que Nacim et Marco réussissaient à passer, avec Étoile du Matin et Étoile du Soir.

– Soleil-Lune ! appela Sophia désespérée.

Le petit cheval se retourna et reprit le galop en sens contraire, vers le centre de la Terre, poursuivi par les tokauals de l'Ombre.

– Relève-toi ! s'écria Marco. Nous devons fuir.

Sophia le regarda un instant, hébétée, avant de grimper derrière lui.

Les deux petits chevaux galopèrent à toute allure jusqu'à une lourde porte, qui se referma silencieusement derrière eux.

– Le mausolée ! s'exclama Nacim. Soleil-Lune nous a guidés jusqu'au mausolée, répétait-il sans comprendre.

– L'Étalon pourpre…, chuchota Marco.

– *Sa crinière éclaire le monde…*, poursuivit Sophia.

– *Il ne craint pas le monstre qui ne va pas sur ses deux pieds…*, ajouta Nacim.

Et brusquement tout vacilla : les murs ornés du cercle et de l'Étalon à huit jambes, l'Étalon pourpre à la crinière d'or…

Nacim, Sophia et Marco entendirent des voix et des pas feutrés.

– Les gens cachés…, murmura encore Nacim, avant de glisser dans un sommeil très profond.

Épilogue

Quand Natawas vit ses douze petits chevaux à la pupille claire, épuisés et recouverts de cendres, franchir la Porte de Jade, il vint à leur rencontre en pleurant. Il savait que Marco, Nacim et Sophia avaient rejoint l'Étalon mythique à la robe pourpre. L'Ombre, cette fois, avait mordu la poussière et perdu le combat, mais il recommencerait ailleurs, dans le monde, cherchant pour accomplir la prophétie les chevaux mythiques qui le rendraient immortel.

Le vieux chaman allongea Marco, Sophia et Nacim près du feu qui flambait dans la grotte. Il les recouvrit de sa couverture aux signes magiques et jeta dans les flammes une poignée d'encens et d'herbes bénéfiques. Il les veillerait patiemment.

Le volcan s'était tu dès que l'Étalon pourpre était apparu au grand jour, et les cavaliers de l'Ombre s'étaient enfuis loin du pays du Nord.

« Tous trois ont accompli leur mission comme

de vrais chamans, pensa-t-il. Esprit Cheval les a guidés. »

Sophia dans son sommeil appelait encore Soleil-Lune.

Marco et Nacim, agités, se protégeaient le visage des tokauals de l'Ombre.

— Que leurs rêves et leurs visions soient bons, dit Natawas. Ils sauront assez tôt que l'Ombre a capturé Soleil-Lune et le retient prisonnier dans le Monde Double.

Bientôt, Sophia, Marco et Nacim repartiraient vivre dans leur Monde, où les attendaient ceux qu'ils aimaient. Ils se souviendraient d'un long rêve étrange où galopent des chevaux dans la neige. Jusqu'à ce qu'Esprit Cheval, par la voix de Natawas, les rappelle à lui.

Quant à Jort, il galoperait encore longtemps sur la lande. Certains soirs, il lancerait les runes divinatoires pour apercevoir dans le Monde des esprits Marco, Sophia et Nacim auprès du vieux chaman, entonnant avec lui un chant sacré, sous l'œil clairvoyant de ses douze petits chevaux.

Composé par Nord Compo Multimédia
7, rue de Fives, 59650 Villeneuve-d'Ascq

Achevé d'imprimer en mars 2012
par CPI Firmin Didot à Mesnil-sur-l'Estrée (110582)
Dépôt légal : avril 2012

Imprimé en France